PAPÀ MI PORTAVA IN BICICLETTA

I quattro anni che hanno cambiato la mia vita

Seconda edizione

I giorni della speranza
e del dolore per un
papà che si smarriva nel tempo

Manuela Valletti Ghezzi

ISBN 978-1-4452-8112-4

Dedicato al mio papà e
a tutti coloro che lo hanno amato,
cani compresi.

Il mio papà con me al Parco Milano 1946

Ai lettori

Una vecchia bicicletta con il seggiolino attaccato al manubrio, mio padre in pantaloncini corti e maglietta, ai piedi un paio di zoccoli e il viso sorridente e poi io, seduta su quel seggiolino con il cappellino a tesa larga allacciato sotto il mento, l'abitino blu, i sandali bianchi e il musetto un po' imbronciato, lo sfondo del Parco Sempione.
È questa la prima foto che mi ritrae insieme a mio padre ed è anche il primo ricordo consapevole che ho di lui, eravamo nel 1946, lui aveva venticinque anni e io solo due.
L'ultimo ricordo di noi due insieme risale invece al 14 luglio 2007, lui a casa sua, seduto su una sedia a rotelle davanti alla televisione, gli occhi di un azzurro intenso che si illuminano appena mi vede, io in procinto di partire per una breve vacanza, che lo bacio sulla guancia scavata, gli accarezzo la testa bianca e ho la sensazione struggente che non lo vedrò più vivo.
Tra queste due immagini c'è un percorso di vita vissuto intensamente da entrambi. La vita di mio padre si è conclusa il 23 luglio 2007, la mia sta proseguendo senza di lui.

Il papà aveva il morbo di Alzheimer o comunque una forma di demenza. Tutto era cominciato con una sincope, poi erano arrivati alcuni interventi chirurgici importanti. Quella che sembrava inizialmente una leggera perdita di memoria era degenerata, soprattutto dopo l'ultimo intervento, in una vera e propria forma di demenza.
Dal 2003 ho vissuto con lui un calvario senza fine, l'ho visto lottare tenacemente contro i suoi malanni e cercare di

contrastare il suo non ricordare in tutti i modi possibili, fino al declino inesorabile degli ultimi nove mesi della sua vita.
In questo cammino difficile ho avuto il sostegno della mia famiglia, di mio marito Mario, dei miei figli Giorgio e Giovanna, di mia nuora Sabrina e di Emanuele Ferdinando, il piccolino di casa; con loro ho sperato, ho pianto, ho accettato di perdere l'uomo forte e determinato che era mio padre per scoprire poi, nell'ultimo periodo della sua vita, un papà dolcissimo e fragile che mi ha suscitato tenerezze che non credevo di poter provare.
I miei cani Rhoda e Flora, entrambe femmine di Schnauzer gigante, hanno avuto anch'esse un ruolo importante in questo periodo tribolato. La loro presenza ha mitigato il dolore e ha reso più lieve la malattia a mio padre. Rhoda, in particolare, è stata la mia consolatrice affettuosa, ha ascoltato con le orecchie dritte i miei sfoghi, ha asciugato le mie lacrime sommergendomi di baci ed è sempre stata al nostro fianco nelle passeggiate che il papà ed io facevamo nel parco. Flora invece è riuscita a strappare al mio papà gli ultimi sorrisi cimentandosi in corse sfrenate all'inseguimento della sua adorata pallina. Entrambe hanno amato mio padre incondizionatamente, senza mai fargli pesare il fatto che la sua mente si perdeva nel tempo, non hanno mai chiesto nulla se non una carezza; il papà con loro poteva anche concedersi di non ricordare senza timore di essere rimproverato.
Mio padre ha sempre conservato le sue emozioni, ha sempre avuto sentore di quello che accedeva intorno a lui. Fino agli ultimi giorni della sua vita ha infatti ricambiato i miei baci leggeri, i miei abbracci affettuosi e le mie carezze, qualche volta è ritornato anche ad essere il papà amorevole di un tempo prendendomi il mento con la mano in un gesto di tenerezza che era solito fare quando ero bambina; si

mostrava felice di uscire per la passeggiata, riconosceva i volti che amava, magari senza ricordarne il nome, e ringraziava chi lo accudiva, senza mai perdere la sua dignità di persona.

In questi quattro anni ho cercato di combattere l'isolamento che subisce chi ha in famiglia un malato di Alzheimer e mi sono sforzata di non perdere i contatti con ciò che accadeva fuori delle mura domestiche, sapevo che questo mi avrebbe consentito di continuare a vivere.

Lo scrivere è stata la mia valvola di sfogo. Spesso al termine di una giornata difficile riversavo sul mio blog le sensazioni che avevo vissuto con le mie riflessioni o semplicemente prendevo nota di ciò che era accaduto nel mondo, lasciando un mio commento.

Dopo la morte di mio padre mi sono resa conto di avere tra le mani il racconto meticoloso di quattro anni della mia vita e ho deciso di farne un libro.

La mia speranza è che l'esperienza che ho vissuto possa essere utile ad un'altra figlia, ad un'altra famiglia.

Ciò che è accaduto in questo periodo ha cambiato profondamente la mia vita e quella dei miei famigliari. Ho perso quel grande uomo che era mio padre, ho perso la mia dolce Rhoda e ho la sensazione che la famiglia in cui sono nata si sia dissolta nel nulla. Molto di quello che era il mio passato ora ha un sapore diverso e non è facile rimettersi in carreggiata dopo tanto dolore. Devo iniziare un nuovo capitolo della mia vita, lo farò aggrappandomi a mio marito e ai miei figli, lasciandomi coccolare da Flora, la mia nuova cucciola, e custodendo gelosamente i miei ricordi più cari.

So che nulla sarà più come prima.

Ho dedicato l'ultima parte del libro all'uomo che era il mio papà nella sua dimensione famigliare, al ruolo importante

che ha avuto nelle nostre esistenze. Ho scritto episodi di vita vissuta che mi sono cari, credo che una persona meriti di essere ricordata anche per la sua quotidiana presenza accanto a noi fatta di tanti gesti d'amore, soprattutto quando questa presenza è stata così preziosa da lasciarci una grande nostalgia e molti ricordi incancellabili.
Mio padre ha fatto molto altro nella sua vita, ma di questo troverete nota nella sua biografia.
Milno, Gennaio 2008

Aggiornamento
Sono passati 2 anni dalla morte di mio padre e molte cose sono accadute nella mia vita, il libro che state leggendo è diventato un buon successo editoriale e a questo ne sono seguiti altri, di cui troverete traccia nella mia biografia.
Il mio papà mi è sempre accanto e il dolore per la sua mancanza si è trasformato in una dolce nostalgia che riesce sempre a scaldarmi il cuore.
Milano, gennaio 2010

Ringraziamenti

Un doveroso ringraziamento a Giovanna Ghezzi che ha realizzato graficamente la copertina del libro.

IL DIARIO

Agosto 2003 – Ottobre 2007

"Le persone con l'Alzheimer pensano – forse non pensano le stesse cose delle persone normali, ma pensano... anche noi siamo persone".
Cary Smith Henderson in "Visione Parziale"[(1)]

Un papà che non ricorda

Con tutta la famiglia al completo, Rhoda compresa, abbiamo portato mio padre al mare per una vacanza. La speranza era quella di farlo svagare, in realtà è stato un disastro. Il papà, trovandosi in un ambiente nuovo, ha manifestato incessantemente il bisogno di tornare a casa e un disorientamento grave, tra lo sgomento e il dolore di tutti. Con tanta buona volontà e tanto amore siamo riusciti a fargli trascorrere i quindici giorni di vacanza. Il rientro a casa è stato traumatico, durante il viaggio mio padre sosteneva di abitare a Verona e non a Milano, cercava sua madre ed era molto agitato. Si è tranquillizzato solo rivedendo il suo appartamento e tutte le sue cose, anche se entrando in casa si è diretto verso la camera che era una volta della sua mamma, chiamandola a gran voce. Ovviamente nessuno di noi è abbronzato e riposato. Siamo tutti sopraffatti dal dolore per la condizione di mio padre, una persona che ha già sofferto molto e che certamente meriterebbe una vecchiaia serena e felice. Ho tanta gratitudine nei confronti di mio marito Mario e di Giovanna, mia figlia, che si sono prodigati con il nonno come di più non avrebbero potuto fare, e anche per mio figlio Giorgio, che con la sua famigliola ha scelto di condividere la nostra pena venendo tutte le sere a cena da noi per distrarre il papà. Sono orgogliosa della mia famiglia e ringrazio il Signore per la presenza di ognuno di loro nella mia vita.

Agosto 29, 2003

Una malattia terribile
Ieri ho avuto la diagnosi certa sulla malattia di mio padre da un neurologo dell'Ospedale San Paolo. Temevo che sarebbe andata così, ma ho sperato fino in fondo che ci fosse una scappatoia, che il suo "non ricordare" non avesse un nome così sinistro come "Alzheimer". Dolore e paura mi impediscono quasi di respirare. Mi dico che è umano avere timore della malattia, è umano non voler vedere il proprio padre ridursi ad uno stato vegetativo, tremo per lui, per quello che lo aspetta. Questa mattina abbiamo fatto insieme una passeggiata nel parco e mi sono rasserenata. Il papà era contento, abbiamo chiacchierato, ci siamo seduti a prendere il primo sole autunnale. Rhoda, la mia Schnauzer gigante, accucciata vicino a noi, guardava alcuni bimbi che giocavano nel prato. Ci siamo regalati un attimo di felicità. Forse questi momenti diventeranno più rari in futuro, forse il segreto per affrontare tutto questo è vivere giorno per giorno e fare in modo che gli ultimi giorni del mio papà siano i migliori possibili.
Settembre 12, 2003

Un attimo di serenità e una foto
Rhoda su di me ha sempre un effetto positivo, questa mattina ho iniziato la solita passeggiata con lei non proprio allegramente. Si è poi unito a noi anche il papà e nel parco il mio stato d'animo è cambiato. Vedevo lei correre nei prati ancora fioriti per via di questa pazza stagione, annusare e mangiucchiare l'erba con la coda al vento e il suo buonumore è stato contagioso. Il papà le ha tirato qualche legno e lei si è messa a giocare. Ho visto anche lui sorridente e felice di essere riuscito a far correre il cane e così, arrivati ad una panchina, ad entrambi ho fatto una foto

che resterà nei miei ricordi più belli. A volte la realtà, vissuta di momento in momento, riesce ad essere bellissima.
Novembre 04, 2003

Festa a sorpresa
Ho organizzato una festicciola in pasticceria per rallegrare la mia famiglia, un piccolo buffet pomeridiano al quale sono intervenuti figli, nipoti e qualche parente. Credo che per tutti sia stata una gradevole sorpresa, mi sono parsi contenti. Ho visto che gli invitati hanno dimostrato un buon appetito e gradito la compagnia. Il papà era tranquillo e sereno, sembrava essere perfettamente a suo agio, visto così era l'uomo di sempre.
Novembre 26, 2003

Sant'Ambrogio in Alto Adige
Abbiamo voluto approfittare del ponte di Sant'Ambrogio per fare una piccola vacanza in montagna. Siamo stati a Dobbiaco in un albergo molto confortevole, Rhoda è venuta con noi e si è divertita moltissimo. Per quattro giorni abbiamo cambiato ambiente, ci voleva dopo le ferie da incubo della scorsa estate. Siamo stati a Brunico e abbiamo visitato il bellissimo Mercatino di Natale che ripropone tutte le tradizioni dell'Alto Adige: decorazioni nordiche per l'abete, candele lavorate finemente, palline in legno colorato e le particolarissime casette in terracotta che diffondono fumo profumato dal comignolo. Siamo tornati a casa con tante decorazioni natalizie e molto riposati.
Dicembre 08, 2003

Feste quasi finite

Le feste se ne stanno andando, manca solo l'Epifania. Ci siamo ritrovati tutti insieme come ogni anno, abbiamo aperto i regali e poi abbiamo fatto onore al pranzo natalizio. Siamo stati bene, ci siamo tutti tollerati: vecchi e bambini a ruota libera. Mio padre era un po' insofferente, ma ha mangiato di gusto, l'unica stranezza è stata quella di scambiare la coca-cola per ottimo vino, ma nessuno ha dato peso alla cosa.

Avevo la segreta speranza che questo Natale mi facesse ritrovare un poco della mia infanzia, un poco della mia città. Ma entrambe le cose non esistono più. Ci si rapporta con gli anni che passano e con una Milano che è cambiata e nella quale è sempre più difficile ritrovarsi. Sarà l'età? Me lo sono chiesto. Ma anche se fosse così, è indubitabile che la mia città non è più mia. Ha accolto tutti la mia Milano, ma ha pagato un prezzo alto. Si è snaturata. La mia Piazza del Duomo era una magia, ora ci sono solo immigrati o concerti. La mia Galleria era una vetrina stupenda di negozi, ora trovo cinesi che vendono sete come in un mercatino di zona. Che devo fare per ritrovarmi? Perfino in periferia, dove c'era l'Alfa Romeo, hanno abbattuto tutto... certo devono costruire. Ma possibile che non si sia pensato di lasciare un segno del Portello, lo storico stabilimento dell'Alfa? Molte città straniere hanno rinnovato rispettando il passato, non hanno spazzato via come fossero niente, storia e cuore delle persone. Passo di lì e mi viene il magone. La storia della mia famiglia è legata all'Alfa, la storia di Milano è legata all'Alfa. Nessuno aveva il diritto di offendere un'intera città.

Gennaio 03, 2004

Una piantina di malva

Il prato brullo, qualche traccia della neve appena caduta, il cane che scorrazza felice accanto a me. Avverto nell'aria l'inizio della primavera e una piccola piantina di malva appena nata attira la mia attenzione, è di un verde tenero. Un ricordo mi attraversa la mente come un lampo. «*Questa è malva, puoi fare un buon infuso calmante...*», la voce è quella della mia nonna materna. Il suo viso dolcissimo mi è davanti, sorridente. La voglia di riabbracciarla, anche per un attimo, è immensa. Mi ritrovo gli occhi pieni di lacrime... non so che fare, vorrei lasciarmi andare alla tenerezza di un ricordo, ma arriva gente, il cane mi prende il guinzaglio e me lo tira per invitarmi al gioco. Cerco di ricompormi, ma la struggente nostalgia non mi lascerà per tutto il giorno. La malattia di mio padre mi fa sentire sola e fragile, cerco nel mio passato qualche cosa di rassicurante, a volte vorrei tornare indietro per rivivere con lui ciò che ora non ricorda, ma questo purtroppo non mi è consentito.

Marzo 13, 2004

Paura

Oggi è lunedì, un giorno già difficile per definizione, e io ci arrivo dopo un weekend veramente tragico. Dietro le parole "problemi di famiglia" ci si nasconde spesso per non dare spiegazioni, ma quando questi problemi sono gravi, allora si sente il bisogno di parlarne, eccome. L'Alzheimer è terribile e i suoi effetti in famiglia cominciano a farsi sentire, sembra che tutto sia stato spazzato via: tenerezza, pazienza, comprensione e compassione non sono ormai che parole vuote, riemergono vecchi rancori e incomprensioni e andare avanti è difficile. Il papà è un'altra persona, con lui sta diventando impossibile confidarsi o scambiare una qualche opinione. A volte sembra presente a se stesso e allora

parlare con lui è bellissimo, altre volte la sua mente si inerpica per sentieri irti di difficoltà e allora è penoso stargli accanto. La mia famiglia rischia di essere stritolata dalla situazione, mio padre scende in casa nostra continuamente e a volte non siamo nelle condizioni psicologiche migliori per assecondarlo. Gli vogliamo tanto bene ma non sempre siamo in grado di fronteggiare la situazione, spesso le sue stranezze scatenano in noi un miscuglio di affetto, rabbia, pietà, dolore e anche un senso di colpa. Vorremmo aiutarlo ma spesso sbagliamo l'approccio e riusciamo solo a far danni. Sono terrorizzata dal futuro che lo aspetta e che ci aspetta. Domani andrò all'Associazione Alzheimer per documentarmi sulla malattia e per chiedere consigli su come affrontarla.
Giugno 07, 2004

Il calzascarpe e il gilet trapuntato

Sono uscita con il papà e Giovanna alla ricerca di un meccanico per la mia auto che fa le bizze, lui era felice di essere stato coinvolto in qualche cosa di nuovo e ha preso posto accanto a me. Giunti davanti al meccanico e scesi dall'auto, ho notato che mio padre camminava male, l'ho guardato meglio ed ho visto che aveva infilato nella scarpa destra l'intero calzascarpe, un aggeggio lungo fino al polpaccio, che probabilmente si era dimenticato di posare una volta usato. Ci siamo messi a ridere tutti e tre, ho cercato di minimizzare così, anche se questi episodi accadono sempre più di frequente. Un'altra cosa che piace moltissimo al papà è il suo gilet blu trapuntato, lo indossa in ogni occasione anche quando fa molto caldo, è come se dentro quel capo si sentisse più tranquillo, è la sua "coperta di Linus": si fruga continuamente nelle tasche, si assicura di avere il portamonete, la carta di identità, le chiavi di casa...

sono gesti che ripete all'infinito, sempre con grande agitazione per il timore di aver smarrito qualche cosa. Oggi i controlli sono andati bene, tutto era al posto giusto.
Luglio 07, 2004

Il Bocciodromo e le bocce smarrite
Oggi pomeriggio il papà è andato da solo al Bocciodromo, l'ho visto uscire allegro, mi ha salutato con la mano dal cancello e si è avviato con passo spedito verso la sua meta. È sempre stato un appassionato sportivo, prima era il football il suo sport preferito e lo ha anche praticato per molto tempo, poi è stato il tennis e ora il gioco delle bocce. Si è trattenuto solo una mezz'ora e la cosa mi è parsa strana, segno che non ha giocato. Ho approfondito senza dargli l'impressione di voler indagare e ho scoperto che non aveva giocato perché non si ricordava più il numero dell'armadietto dove erano riposte le sue bocce. Domani andrò con lui e vedrò di aiutarlo. Quando accadono questi fatti ho sempre il timore di mettere il papà in difficoltà, di umiliarlo, spesso la butto sullo scherzo e lui anche, ma credo che entrambi avremmo una gran voglia di piangere.
Luglio 25, 2004

Sempre bella Valdaora, ma...
Siamo stati per una decina di giorni in montagna, in Val Pusteria. Avevamo affittato un piccolo appartamento sulla piazza principale del paese sperando di svagarci guardando il paesaggio, solitamente Valdaora è sempre stato un paese fin troppo tranquillo e noi quest'anno avevamo bisogno di stare fra la gente. Non avremmo mai immaginato che dei

pochi giorni di permanenza in quel luogo almeno cinque sarebbero stati dedicati a feste di piazza. Un vero inferno. Non so che cosa sia preso al sindaco del luogo, ma dal silenzio assoluto di un paesino di montagna al fracasso assordante delle feste in piazza con tanto di banda e cibo fritto, qualche differenza c'è... Scrivo questo pezzo a futura memoria: *"ricordarsi di non soggiornare mai più in case che si affacciano sulla piazza principale dei paesi di montagna, qualsiasi essi siano".*

Fili d'erba

Sono molti i pensieri che ho per la testa. La mattinata è corsa via in un turbinio di impegni. Il pomeriggio si prospetta pesante. Mio padre è piombato da me per chiedere aiuto ma non sono riuscita a comprenderne le ragioni. I discorsi si fanno affannosi, la ricerca delle parole difficile. Eppure in ogni situazione di conflittualità riconosco in lui il suo carattere forte, il suo cipiglio. Forse è il solo lato della sua personalità che è rimasto intatto. Ho tentato anche di discutere pacatamente con lui per vedere di riportarlo alla normalità. Poi mi sono detta che era assurdo "far ragionare" un malato di Alzheimer. Nulla tornerà ad essere "normale" per lui, purtroppo sarà proprio la malattia che farà in modo che ciò non avvenga.

I manuali che ho avuto dall'Associazione Alzheimer mi stanno aiutando molto. Ho capito in che modo rapportarmi con il papà, ora so che posso comunicare con lui anche senza il linguaggio, semplicemente accarezzandolo, prendendogli la mano, abbracciandolo, lui si sentirà meglio, si sentirà rassicurato. Ci proverò.

Oggi ho appreso della tragedia dei bimbi russi. Le mie miserie - le nostre miserie - non sono nulla rispetto a tutti quei bimbi trucidati. Non riesco a rassegnarmi all'orrore, allo scempio che ho visto in televisione. La tragedia russa ha messo tutti con le spalle al muro. Nessuno di noi potrà più rimanere indifferente a simili stragi. Si dice spesso di non fare di tutta l'erba un fascio, questo è certamente vero. Ma purtroppo spesso sono i fili d'erba ad essere molto simili tra loro e io mi interrogo sul problema degli innumerevoli islamici che vivono nel nostro Paese... saremo in grado di "controllarli"?
Settembre 06, 2004

Riflessi privati del terrorismo
È appena accaduto un fatto sorprendente e penoso allo stesso tempo, mio padre si è precipitato in casa mia per "*organizzare una riunione tra noi...*" per fronteggiare "*chi sta fuori*". Al momento ci siamo guardati tutti in faccia allibiti pensando ad una sua ennesima stravaganza, poi guardando il suo viso atterrito abbiamo capito. Sono giorni che la sua mente di povero vecchio malato viene squarciata da notizie drammatiche di massacri e rapimenti e lui questa sera è stato preso dal terrore. Non è riuscito ad identificare la causa di questo terrore, ha indicato genericamente "*estranei da lasciare comunque fuori di casa*" ma ha cercato conforto e aiuto in noi, in mio marito e nei miei figli. Mio padre è in fase regressiva, ha la mente di un bambino. Mentre rielaboravo la situazione ho ricordato una tavola apparecchiata, una bambina di circa 8 anni e una voce che dalla radio annunciava la repressione ungherese. Quella bambina era stata colta dal panico e si era messa a piangere sommessamente, temeva che il pericolo incombesse su di lei e sulla sua famiglia. La bimba ero io. Mio padre allora mi

rassicurò. Questa sera spero di essere riuscita a farlo io con lui.
Settembre 09, 2004

Badanti benedetti
In città si notano sempre più spesso asiatici o persone dell'Est impegnati nella cura degli anziani o dei disabili.
Li accompagnano fuori in carrozzella o li sostengono con molta premura nel loro incerto camminare. Vedendoli in giro mi è venuto spontaneo pensare che questa è una grande risorsa che ci giunge dall'immigrazione. Non che un badante possa sostituire l'affetto di un figlio, ma certo la sua presenza accanto ai nostri anziani, è preziosa.
Dopo molte titubanze, ieri anche il papà è uscito in compagnia del nostro filippino. Una persona amabile e paziente che viene per qualche ora al giorno e io spero che ci solleverà e non poco. Un grazie a lui e a tutte le persone che lavorano nelle nostre famiglie per aiutare gli anziani. Certo c'è modo e modo di farlo e spesso nei gesti di queste persone straniere si scorge l'affetto per chi accudiscono. Non ringrazierò mai abbastanza chi aiuta la mia famiglia ad occuparsi di mio padre, la mia gratitudine è davvero infinita.
Settembre 18, 2004

Il "faldone"
Ora alle mie giornate difficili si sommano anche serate stressanti. Ogni sera dopo cena mio padre scende a casa mia con un raccoglitore che lui chiama "faldone", in esso sono contenuti tutti i documenti della sua banca. Probabilmente, si rende conto di non essere più in grado di comprenderne il contenuto e così mi chiede spiegazioni. Il papà è sempre stato un ottimo amministratore, aveva una mente logica e razionale, vederlo oggi in questo stato mi fa veramente

male. Cerco di rassicurarlo, gli spiego che è tutto in ordine, che la sua pensione viene accreditata sul conto ogni mese, ma non sembra convinto e allora, per rasserenarlo, mi collego via internet con la banca e gli stampo il rendiconto aggiornatissimo. Sembra essere contento ma non demorde e mi dice: «*Quando possiamo andare in banca? Ci andiamo insieme domani?*». Alla mia risposta affermativa, aggiunge: «*Bene, se ci pensi tu, sono tranquillo, io mi fido di te!*». So che domani mattina non si ricorderà più nulla e potrò fare a meno di portarlo in banca, ma mi sembra di mancargli di rispetto, di prenderlo in giro assecondandolo in questo modo. Quando risale a casa sua io crollo per il dispiacere e anche per l'agitazione che mi mette addosso questa sua visita serale, devo stare attenta alle parole che dico per non irritarlo, devo essere rassicurante e calma per farlo stare tranquillo, non è facile dopo una giornata di lavoro e con una famiglia che ha comunque i suoi diritti.
Ottobre 15, 2004

Mancanza di rispetto

Ieri mio padre ha affrontato la visita per il riconoscimento dell'invalidità civile. Si è presentato davanti ad una commissione di medici della ASL, aveva con sé la diagnosi dell'Ospedale San Paolo. Dopo aver guardato la documentazione, i medici componenti la commissione gli hanno rivolto alcune domande per verificare il suo stato mentale. «*Allora signor Valletti, quanti figli ha?*» «*Cinque.*», «*Quanti anni ha?*» «*Trentasette.*» «*È stato deportato a Mathausen?*» «*Sì, per un anno e mezzo*» - l'unica risposta giusta - e mentre mio padre si allontanava tutto agitato, uno dei medici se ne è uscito con una battuta di pessimo gusto, salutandolo ha detto: «*Allora auf Wiedersehen!*». Non ho avuto la prontezza di reagire, ma

tornata a casa ho immediatamente contattato l'Avvocato dell'Associazione Alzheimer che, sdegnato, ha provveduto a far pervenire alla commissione la sua vibrata protesta per il comportamento incivile che era stato tenuto. Mi sono chiesta come si possa prendere in giro una persona anziana e malata. Che ne sanno questi signori della persona che era mio padre? Sono questi i professionisti che dovranno giudicare se ha diritto al riconoscimento dell'invalidità civile? Quanti altri anziani hanno deriso o derideranno in futuro, magari persone che non hanno una figlia che si indigna e protesta?
Novembre 04, 2004

Vacanza in montagna
Siamo tornati a Dobbiaco per il solito periodo di vacanza invernale in un delizioso alberghetto, solo quattro giorni ma sufficienti per ritemprare lo spirito. Ieri siamo andati in Austria da Billa, un discount molto particolare, e conveniente, abbiamo acquistato qualche regalino e alcuni bellissimi segnaposti per il pranzo di Natale che quest'anno faremo a casa nostra. Cercherò di rendere la festa speciale, anche se ultimamente è difficile prevedere lo svolgimento delle nostre riunioni famigliari.
Dicembre 04, 2004

Una caduta rovinosa
La mamma di Mario è caduta in casa e si è rotta il femore. Ora è ricoverata all'Ospedale Sacco e sarà presto operata. Siamo tutti in pena per Nonna Pina, ha 88 anni e queste fratture possono essere pericolose. Speriamo che le cose vadano per il meglio e le siamo vicino.
Dicembre 17, 2004

Pranzo di Natale

Nonostante il pensiero per mia suocera e l'andirivieni in ospedale, mi sto sforzando per rendere questo Natale bellissimo. Lo faccio per il mio nipotino Emanuele e anche per il mio papà che è diventato come un bambino. Giovanna ed io abbiamo elaborato un menù sfizioso che va dall'antipasto al dolce con un grande assortimento di frutta esotica. La tavola verrà preparata alla maniera tirolese, con candele e fili dorati su una bellissima tovaglia rossa. Oltre ai parenti stretti ci saranno anche degli amici, speriamo che vada tutto bene.

Dicembre 24, 2004

Era meglio lasciar perdere

Ci sembrata tutto perfetto invece non è andato bene niente, ci sono stati mossi appunti su tutto: il menù stampato da Giovanna aveva un errore... la frutta esotica era disgustosa... il vino non era adatto alle pietanze... e pensare che ieri mattina avevo la febbre e mi sono fatta forza per non rovinare la festa.

L'unico che è stato bene, anche se ha mangiato pochissimo, è stato mio padre, ad un certo punto si è messo a giocare con Emanuele. Tutto come previsto perché tra bambini ci si intende e il mio nipotino si diverte a giocare con lui.

Fortunatamente oggi saremo da soli. Credo che il prossimo anno eviterò accuratamente di organizzare il pranzo natalizio. Ma chi può dire che cosa accadrà il prossimo anno...

Dicembre 26, 2004

Ciao Amedeo!

Sta finendo una giornata costellata di brutte notizie, la più triste in assoluto è la morte dello zio Amedeo. Ci ha

telefonato la moglie alle tre del pomeriggio da New York per darci la notizia. Ce lo aspettavamo perché era malato da tempo, ma ora mi piace ricordarlo nella sua bella casa di Blue Bell in Pennsylvania, affaccendato con i suoi allievi o indaffarato ai fornelli. Eravamo stati suoi ospiti durante il nostro ultimo soggiorno negli Stati Uniti e non lo vedevamo da sei anni, ma ci sentivamo telefonicamente almeno una volta al mese, gli volevamo bene. Era una cara persona, professore di violino e concertista, salutista da sempre, tanto da arrivare a 87 anni. Ciao Amedeo, ora potrai suonare con gli angeli. Ti voglio tanto bene!
Gennaio 17, 2005

Mi manchi papà

Oggi tensione alle stelle. Mio padre non riesce quasi più a spiegarsi, ma ha mantenuto la fierezza di un tempo, la voglia di far prevalere le sue idee. Lui non immagina nemmeno quanto mi manca, quanto vorrei ritrovare in lui la persona che era, le nostre discussioni sulla politica e anche le nostre litigate. Mi sento tanto sola, mi aspetto che si ricordi di quello che facevamo insieme, ma accade molto raramente oramai. Mentre lo abbracciavo per consolarlo, pensavo a tutto quello che avrei voluto dirgli: «*Papà, mi manchi tanto*». Invece gli ho fatto una carezza e gli ho detto solo «*Ti voglio bene*», ed è proprio così, gli voglio un bene immenso.

La verità è che mi ritrovo a far da mamma a mio padre quando mi piacerebbe essere ancora la figlia che lui amava teneramente, ma a questo non c'è rimedio e io cerco di farmene una ragione.
Febbraio 18, 2005

Arriva un nuovo nipotino

Finalmente una bella notizia, un raggio di luce per tutti noi. Mio figlio e mia nuora aspettano il loro secondo bambino. Il primogenito sembra molto, molto contento, e noi con lui. L'evento dovrebbe accadere nei primi giorni di novembre. Vogliamo scommettere che sarà una bimba? Sono veramente raggiante di felicità!

Marzo 11, 2005

Un angelo piccolissimo

Purtroppo ci sono cattive notizie, mia nuora ha avuto un aborto spontaneo. Siamo tutti tanto dispiaciuti, ci tenevamo molto ad avere un secondo bimbo per casa.

Ieri avevamo avuto il presentimento che ci fosse qualche cosa che non andava, per un sogno fatto da Giovanna: eravamo tutti a casa nostra, l'attenzione di mia figlia viene attirata dal pianto di un bimbo che proviene dalla nostra camera da letto, va a vedere e si trova davanti ad un bimbo sconosciuto girato di spalle che piangendo chiama la mamma... Quel bimbo sconosciuto forse era il nostro piccolino che ci stava lasciando.

Per il mio nipotino con le ali...

"Piccolino, ci eravamo innamorati di te senza nemmeno conoscerti, il solo annuncio del tuo arrivo ci aveva tanto rallegrato. Forse hai avuto timore di nascere in un mondo come questo, forse non eri pronto per farlo. Non fa niente, tu continua a starci accanto, sarai il nostro piccolo Angelo per sempre.

Un bacio dalla tua nonna".

Marzo 15, 2005

Benedetto XVI: un feeling mai provato

Il nuovo Papa mi ha davvero conquistato, lo ha fatto da subito affacciandosi alla balconata di San Pietro dopo la sua elezione. Lo guardavo e provavo un'immensa felicità, cosa che mi capita ancora oggi quando lo vedo in televisione. Sono una fan di Papa Giovanni "il buono" per dirla come va di moda ora, ma con Papa Ratzinger è un'altra cosa. Forse avevo bisogno di una figura come la sua per le mie speranze di fede, o forse volevo aggrapparmi a qualche cosa, ma non escludo nulla. Potrebbe anche essere il richiamo forte per una fede sopita.

Maggio 09, 2005

Aggressività

Da circa una settimana, mio padre manifesta segni di insofferenza e aggressività. Ieri sera sono intervenuta per riportare la calma ma ho ottenuto l'effetto contrario. Credo che sia necessario sentire un neurologo, domani ne cercherò uno in gamba.

Maggio 11, 2005

Sulla vita non si vota

Sta entrando nel vivo la discussione sul referendum sulla procreazione assistita. Tante, troppe chiacchiere più o meno veritiere sulla legge che si chiede di modificare. Incredibilmente ho registrato posizioni contrarie alla legge anche da parte di chi l'ha votata in Parlamento. Mi sembra che le cose possano riassumersi in un solo, unico e fondamentale concetto che è certamente cristiano ma anche civile: la vita umana inizia al momento del concepimento e da quel momento non è più lecito manipolarla. Sono personalmente per l'astensione e mi auguro che i miei

connazionali non inseguano le false chimere di chi promette figli sani e belli solo con la manipolazione genetica.
Maggio 12, 2005

Potere e ricchezza ingannano il cuore
Queste sono state parole del Papa ai fedeli in Piazza San Pietro, parole su cui riflettere. La condivisione con le altre persone dei dolori e delle gioie, l'amicizia, la carità e la pietà riempiono la vita e ti danno gioia più che il potere effimero di una carica o tutti i denari del mondo.
Giugno 02, 2005

Piegati dal dolore
Cerco spiegazioni per la malattia di mio padre e per il dolore che ci sentiamo tutti addosso, credo sia umano farlo. Le mie nonne mi dicevano sempre che i dolori grandi capitano sulle spalle grosse, forse sarà così. Forse alla fine di questo percorso le mie domande avranno una risposta. Ma ora è tutto tanto difficile e ho paura di non farcela.
Giugno 09, 2005

Che giornatina...
Sono al termine della mia giornata ed eccomi qui al computer. Scrivere mi aiuta sempre a lasciare i problemi sul foglio, o almeno a provarci. Una mattinata frenetica, un misto di lavoro al computer, di contatti con assessori comunali, di lettere spedite, di uscite frettolose con Rhoda, il tutto condito con i soliti angosciosi problemi di mio padre. Un pomeriggio fotocopia, unica nota positiva la visita del nostro parroco, una presenza molto rasserenante. Poi la cena, la telefonata del papà che voleva provare la pressione, e ora, mentre scrivo, lui è qui e mi chiede di andare a prelevare soldi in banca... mi domando perché non si possa

avere un attimo di tregua. E domani comincerà un'altra giornata. Non so se ce la farò...
Giugno 16, 2005

Domenica
Oggi è domenica e mi sono svegliata bene, ho bagnato i fiori sul balcone, ho ammirato le mie violette che crescono a dispetto di questo caldo, mi sono fatta il caffè. Rhoda è uscita nei giardini dietro casa, la vedo sballonzolare nell'erba e ricordo la prima volta che è entrata in casa nostra, aveva due mesi e tutti noi avevamo notato quella sua camminata alla John Wayne che ha mantenuto ancora oggi, ha una camminata buffissima. Ho guardato la posta elettronica e mi sono trovata 200 messaggi di spam, dovrò cambiare gli indirizzi dei miei siti. Oggi pomeriggio mi dedicherò con mia figlia alla tosatura di Rhoda, fa troppo caldo per lei e il suo mantello richiede di essere sfoltito e accorciato. L'operazione è lunga e faticosa... ma va fatta, lei non sopporta nessun toelettatore, si lascia toccare solo da noi. Sembra una tranquilla domenica estiva, più tardi porterò mio padre a fare colazione con noi e lo inviterò a pranzo.
Giugno 19, 2005

Smarrirsi in ascensore
Il papà si è perso in ascensore. Non ho capito come sia accaduto, ma è successo. Mio padre vuole scendere a casa mia, sale sull'ascensore e si ritrova da un'altra parte. Per fortuna le persone che abitano nel condominio sono molto gentili e lo accompagnano da me, ma quando finalmente arriva a casa mia è spaventato, sudato e tremante. Ho provato a mettergli in tasca un biglietto con scritto *"Manuela - Piano Zero"* in modo che potesse ricordare, ma

poi ho capito che non era solo quello il problema. Probabilmente il papà entra nella cabina e non ricorda di premere il pulsante, capita allora che chiunque chiami l'ascensore se lo veda arrivare con mio padre a bordo. Un'altra ipotesi è che il papà, preso dal panico, prema tutti i pulsanti a caso e quindi inizi il suo interminabile viaggio da un piano all'altro dello stabile. Gli ho raccomandato di non scendere da solo, di chiedere al filippino di accompagnarlo, ma lui, pur consapevole delle difficoltà che incontra, ama la sua indipendenza più di ogni altra cosa al mondo.
Giugno 23, 2005

Una settimana cruciale
È di nuovo domenica e io ho avuto una settimana molto intensa. Mi sto occupando con altri abitanti del mio quartiere di un problema che ci riguarda da vicino, la prossima Festa Nazionale dell'Unità che è stata piazzata dalla Giunta nel parco sotto casa... Ho avuto incontri con consiglieri comunali, con la stampa, con reti televisive e poi tante, troppe telefonate. Devo confessare che rivedendo Palazzo Marino ho provato un tuffo al cuore. I tempi in cui lo frequentavo almeno due volte la settimana per fare la cronaca giornalistica delle sedute è passato da un pezzo. La politica attiva mi ha deluso molto, ma la mia passione civile, quella è ancora intatta. L'ho scoperto proprio varcando il Palazzo. Mi è presa l'euforia di un tempo, la voglia di fare qualche cosa per la mia città... tutte sensazioni che i miei colleghi politici avevano mortificato. Unica nota positiva l'incontro con Brigida, il mitico custode di Palazzo Marino. Baci e abbracci come se ci fossimo appena lasciati, e pensare che il suo ultimo nato, che ci aveva fatto brindare insieme, ha ora sedici anni. Un amico sincero Brigida, l'ho rivisto con tanto piacere. La vicenda politica non so come

andrà a finire, noi cittadini ci abbiamo provato e abbiamo fatto il nostro dovere, il massimo di quello che potevamo fare. Ciò che accadrà non dipende più da noi.
Giugno 26, 2005

Dodici ore della mia giornata
Suona la sveglia. Mario si alza, chiama Giovanna, nostra figlia. Abbiamo i minuti contati. Guardo il Tg5 in attesa del mio turno per il bagno. Mario porta fuori Rhoda, la nostra cagnona, Giovanna prepara il caffè.
Ci sediamo al tavolo della cucina, due fette biscottate intinte nella nera e fumante miscela, due biscotti al cane, uno sguardo rapido alla posta elettronica e siamo tutti pronti per uscire.
L'auto, la lotta per il parcheggio. Ci sarà la Fiera o no? Cerco le righe blu, non ho il pass e rischio la multa. Pazienza.
Lascio Giovanna al lavoro, rientro e rassetto la casa. Forse sarà una giornata normale. Ho imparato che con un padre ammalato di Alzheimer nessuna giornata può essere normale, ma ci spero ugualmente.
Una scampanellata fa abbaiare Rhoda. Mio padre mi si para davanti, vuole uscire. Sono solo le nove e non si riesce più a controllare il suo iperattivismo. Non può uscire da solo a quest'ora.
Riesco a farlo tornare di sopra. Due minuti dopo si ripete esattamente la stessa scena e la mia angoscia cresce, mi dico che questa malattia ha travolto le nostre vite.
Alle dieci il papà esce da solo per raggiungere i "negozietti" del nostro quartiere, il percorso è breve. Lo lascio andare.
Davanti all'unica stecca di negozi hanno giocato e sono cresciuti i miei figli e ora lo stesso luogo è testimone della triste vecchiaia di mio padre.

Il quartiere è pieno di anziani, brava gente che si conosce da una vita. La malattia del papà è certamente nota ai più. Superato il primo imbarazzo per il mostro chiamato Alzheimer, molti di loro cercano di essere amichevoli con lui e non si stupiscono più se dice di aver giocato con Gullit. Porto Rhoda al parco, cammino per i bellissimi viali, i colori della primavera mi fanno compagnia, le sue corse mi mettono di buonumore, chiacchiero con gli altri padroni di cani e dimentico i miei problemi. Penso che la felicità non è mai troppo lontana da noi, anche oggi l'ho trovata.

La ricreazione è finita, rientro a casa. Trovo mio padre davanti alla porta, mi sta aspettando per entrare a bere il suo succo di frutta. Trovo anche qualcuno che mi racconta, con scarsissimo tatto, delle sue stranezze. Cerco di minimizzare: «*Lasciate perdere, il papà è malato*». In realtà vorrei mandare tutti al diavolo, vorrei gridare che nessuno deve permettersi di deridere il papà, poi lo guardo e la rabbia svanisce, gli faccio una carezza quasi per compensarlo di tutto quello che deve patire.

Mi metto al computer per sbrigare un po' di lavoro. Il tempo passa in fretta, devo uscire per recuperare Giovanna.

Percorro nuovamente la circonvallazione, "*la strada più brutta del mondo*" a detta del mio nipotino, ed è subito pomeriggio.

Mio padre si perde in ascensore, lo recupero seguendo il percorso luminoso della cabina. Mi dice che vorrebbe che noi si andasse con lui a giocare a pallone. Per fortuna arriva Raul, il filippino. Escono insieme, li vedo allontanarsi e mi si stringe il cuore. Il pallone rimbalza sul marciapiede e loro sembrano due ragazzi felici. So che si fermano davanti alla chiesa, in un gran prato a fare qualche tiro. Forse mio padre ricorda di aver giocato nel Milan o forse no. Ma certo si diverte come un bambino.

Il pomeriggio Giovanna ed io ci concediamo un caffè in pasticceria. Rhoda viene sempre con noi, i suoi sono 50 chili di amore prezioso. Al rientro a casa troviamo Mario, una mezz'ora per parlarci e mio padre scende nuovamente per chiedere di essere invitato a cena. La cosa si ripete ormai tutte le sere e non abbiamo più risposte.
Più tardi mi raggomitolo sul divano con il cuscino sul grembo, come in cerca di protezione. Rhoda mi lecca le mani, Giovanna legge, Mario è al computer.
Dormire? Per me è diventato difficile, ma ci provo.
Giugno 30, 2005

Dialogo tra me e il mio cane
Non riuscivo più a dormire e allora mi sono alzata, lavata, vestita e mi sono messa sul divano, guardo il mio orologio a pendolo, sono le sette. Rhoda mi raggiunge immediatamente, si sdraia accanto a me e mi viene spontaneo parlarle. «*Ti voglio bene cagnona, vieni qui che ti faccio le coccole*», lei mi appoggia il muso in grembo. Stringo teneramente la sua testona nera e lei mi lecca la mano. Ad un certo punto le dico: «*Cara la mia Rhoda, non sai quale meraviglioso regalo sei per noi!*», lei mi guarda negli occhi, quasi sorridendo, e rotea la sua lunga coda. Le parlo della prossima vacanza in montagna, le chiedo se ricorda i "*pratoni*" tra i boschi dell'Alto Adige, dove era solita correre lo scorso anno e lei drizza le orecchie per mostrare la massima attenzione. Poi prendo il guinzaglio e lei mi segue con lo sguardo, le dico «*Stai zitta che non dobbiamo svegliare nessuno, dài che ti porto fuori*», di solito quando deve uscire fa un baccano tremendo, salta sul divano si rotola a pancia in su e fa volare i cuscini... questa mattina niente. Ce ne andiamo io e lei ai giardini, il sole

caldo, il vento fresco sul viso. Io e lei, un momento magico e tutte le mie angosce svaniscono.
Luglio 03, 2005

Il solito perfido luglio
La mia famiglia ha un appuntamento negativo con il mese di luglio. Pare infatti che tutto quanto di brutto ci possa accadere capiti in questo mese: incidenti stradali, lutti, ricoveri urgenti e così via. Anche quest'anno la nefasta tradizione ha bussato alla nostra porta e ci ritroviamo con la mamma di mio marito, 88 anni, ricoverata in pessime condizioni al San Giuseppe. Una trombosi e ora una embolia polmonare su un fisico molto debilitato, che da quando ha subito la frattura del femore, lo scorso dicembre, sembra essersi lasciato andare. Non sappiamo che cosa augurarci. La nonna sembra stanca di vivere, ma nello stesso tempo chiede di essere aiutata. Ecco che si presenta il solito dilemma sulla morte, un misto tra compassione e paura, tra liberazione e dolore. La verità è che non siamo pronti ad affrontare il peggio anche se il peggio sembra avvicinarsi a grandi passi.
Luglio 05, 2005

Vacanze
Siamo stati in vacanza, ho lasciato a casa il computer apposta per riposarmi e ora riporto solo qualche appunto per dovere di cronaca. La Val Pusteria è stata ancora una volta la meta per il nostro riposo. Di Valdaora ho dei bellissimi ricordi, per anni ci siamo andati tutti insieme: noi, i miei figli, i loro amici e mio padre, e il luogo è rimasto lo stesso, incantevole. Quest'anno sarebbe andato tutto bene se il pensiero per il papà non mi avesse sempre tormentato. D'altra parte non sarebbe stato giusto rinunciare alla

vacanza, a furia di rinunciare per gli altri Mario ed io vivremo di rimpianti e gli anni passano anche per noi.
In quei boschi meravigliosi sono stata sopraffatta dai ricordi della mia infanzia, quando andare con il papà per i boschi mi rendeva veramente felice. Appena arrivata a casa sono salita per portagli una piantina di ciclamino, quando l'ha vista gli si sono illuminati gli occhi, spero di aver suscitato anche in lui alcuni dei miei ricordi.
Agosto 17, 2005

Presente!
Ottobre: mi ritorna in mente il primo giorno di scuola dei miei figli con emozioni mai sopite che rivivo ora per Emanuele. Il mio nipotino frequenta la seconda elementare, va a scuola gioiosamente e io sono tanto contenta per lui. La scuola è importante, la maestra, ora le maestre, sono fondamentali, spesso segnano la vita di figli e nipoti nel bene e nel male, occorre ricordarlo sempre.
Occorre essere attenti, verificare che a scuola non si attuino insegnamenti moralmente non conformi con quanto noi riteniamo giusto per la nostra famiglia e proteggere i piccoli dalle ideologie. Fortunatamente i miei figli possono ricordare con affetto le loro maestre e credo lo potrà fare anche il mio nipotino.
Ma l'occhio vigile dei genitori non deve mai mancare, la famiglia è insostituibile, è la prima agenzia educativa e tale deve rimanere, se non vogliamo che la nostra società si sgretoli.
Ottobre 02, 2005

No, non è facile

Ho sempre avuto una grande affinità di pensiero e di sentimenti con mio padre, ma ora lui è apatico, il suo viso è affilato e smunto, le sue parole stentate e i suoi ragionamenti difficili da comprendere. Sono però certa che in lui ci siano tutte le sue emozioni. Nei giorni scorsi vedendomi piangere mi si è avvicinato e mi ha sussurrato «*Perché non ne hai parlato con me...*» e ho provato una stretta al cuore. Come vorrei ritrovarmelo accanto a progettare il futuro, discutere con lui, magari litigare, ma saperlo "amico fidato". Il suo isolamento ora è anche il mio ed è veramente terribile non riuscire a far breccia nella gabbia che lo tiene prigioniero. Forse potrò tornare a comunicare con lui se riuscirò a condividere con lui le mie emozioni, se farò scomparire dai suoi occhi il fantasma della paura con una carezza.
Novembre 11, 2005

L'abbraccio

Ieri raccontavo ad una cara amica della mia solitudine e sono scoppiata in lacrime. Il papà, sorprendentemente, mi si è avvicinato, mi ha abbracciato e mi ha chiesto «*Ma chi è contro di te?*». Aveva percepito il mio dolore e a me è sembrato naturale rifugiarmi, dopo tanto tempo, nel suo abbraccio rassicurante. L'ho stretto forte e gli ho sussurrato: «*Mi manchi tanto, papà*».
Ed è proprio così, mio padre mi manca, mi manca la sua autorevolezza e la sua pacca sulla spalla nei momenti difficili, le sue scorribande nel mio appartamento, il suo saluto urlato dalla finestra, mi mancano le piccole cose di ogni giorno e perfino le nostre liti.
L'ho ritrovato un poco nell'abbraccio di ieri, una sensazione bellissima e struggente che non dimenticherò più.

Novembre 17, 2005

La mia Rhoda è ammalata

La mia piccola grande Rhoda è ammalata e lo è molto seriamente. Si stanno ancora completando le indagini cliniche, ma le ipotesi sono due o Leihsmaniosi o linfoma. Mercoledì scorso ho notato i linfonodi del collo ingrossati, siamo corsi dal veterinario e abbiamo effettuato tutti gli esami del caso. Per ora la nostra Rhoda sta bene, è vivace come sempre, mangia e gioca. Ma, se le cose stanno come sembra, verranno giorni bui. Non siamo preparati a separarci da lei, speravamo che potesse rimanere con noi molto a lungo. Sembra che così non possa essere, ma noi non smettiamo di sperare e di pregare. In una riunione di famiglia ci siamo detti che non vogliamo che la nostra cagnona soffra, di questo parleremo con il veterinario e concorderemo un piano di cura. La malattia di Rhoda è stato un fulmine a ciel sereno, umanamente continuiamo a domandarcene il perché, ma tutti noi sappiamo che le cose vanno in questo modo per molte persone e per molti animali. Anche in questa occasione faremo del nostro meglio e uniremo il dolore alla preghiera.

Non dirò nulla di quanto accade a mio padre, anche per lui Rhoda è importante e non voglio che soffra al pensiero di poterla perdere...

Novembre 23, 2005

Dolore e speranza

Rhoda ha una forma di leucemia. Fortunatamente gli organi interni non sono stati intaccati e gli esami del sangue sono nella norma. Forse abbiamo scoperto il male in una fase precoce, forse... forse... quanti forse per lenire un dolore che mi prende la gola, un'angoscia che mi sale fino al cuore.

Abbiamo condiviso con il veterinario il tipo di cura: niente chemio ma una terapia con cortisone che pare dia ottimi risultati e non provochi sofferenza al cane. Sembra si possa rallentare o addirittura fermare la malattia, lasciandola in uno stato di latenza.
Questa sera la prima pastiglia per alimentare la speranza di averla con noi ancora qualche tempo. Fino a che il Signore vorrà. Sono certa che anche i cani hanno il loro angelo custode e Rhoda è troppo buona per non averne uno tutto suo. Noi gliela affidiamo, perché lei, che è la gioia di vivere in persona, e ha portato tanta felicità e tanto amore in casa nostra, possa essere aiutata a combattere questa importante battaglia.
Novembre 24, 2005

È veramente durissima
È dura far finta di nulla, giocare con Rhoda come se niente fosse, mantenere immutati i suoi ritmi quotidiani con i biscottini prima della nanna e alla mattina al suo risveglio, con le coccole sul divano la sera e in tutti i momenti in cui questo è possibile... è veramente dura perché inevitabilmente incroci i suoi occhioni dolci e ti si spezza il cuore. Ci sforziamo tutti di non dimostrarle la nostra tristezza, di invogliarla a giocare e a fare le cose che ha sempre fatto, nel tentativo che lei sia felice e allegra come è sempre stata.
Le cose non vanno male, il cortisone però l'ha messa un po' in crisi, ma siamo già nella fase di riduzione delle dosi. Non possiamo far altro che sperare.
Dicembre 13, 2005

La nostra Rhoda non c'è più

La nostra Rhoda non c'è più, è peggiorata rapidamente e abbiamo dovuto decidere per l'eutanasia. Sabato mattina, circondata da tutto il nostro affetto, dalle nostre coccole, dai nostri abbracci, se ne è andata. Il suo grande cuore piano piano ha rallentato i battiti e poi si è fermato. La nostra vita si è improvvisamente svuotata. Lei ci ha lasciato e noi non abbiamo più lacrime da versare. Sabato pomeriggio con la forza della disperazione siamo andati a prendere una cucciola di Schnauzer gigante nera, proprio come lei. L'abbiamo vista e siamo stati sommersi dalla tenerezza e dalla nostalgia; lei, la piccolina ci ha leccato la faccia e le mani e noi ce la siamo portata a casa. Il suo affetto sarà prezioso e ci aiuterà a superare un dolore che ci ha annientato, riempirà un pochino (perché è piccina, ha solo 50 giorni) gli spazi enormi occupati in casa dalla nostra Rhoda, tutti gli angoli che noi non possiamo vedere vuoti. Ha il profumo dei cuccioli, proprio come Rhoda quando è entrata in casa nostra malferma sulle gambe, a 60 giorni di vita, e come lei ha fatto subito una bella pipì nel salotto. Flora non sarà uguale alla nostra cagnolona nel carattere e non la sostituirà mai, ma anche lei saprà conquistare il nostro cuore.

Rhoda era la gioia di vivere, era il sole nella nostra vita. Un cane unico, sempre con il sorriso stampato sul suo musone. Un fiume in piena con tutti gli umani che incontrava e che travolgeva con le sue feste. Grande e grossa come era non ha mai fatto male a nessuno, ma era fiera e conscia della sua stazza, ci camminava al fianco con la coda al vento, felice solo di essere con noi. Lei è stata un dono che ci è stato tolto troppo presto e in modo atroce. Mi ripeto che per ogni cosa che accade occorre trovare il lato positivo, mi sforzo... ma questa volta non riesco proprio a trovarlo. Forse col tempo

capirò perché questa gioia è dovuta finire così presto, ora non mi do pace. La scelta dell'eutanasia è straziante, il veterinario ha detto che è il più bel regalo che potevamo farle, ma è proprio terribile dover decidere di spegnere una vita, solo il grande amore per lei ci ha permesso di farlo e di mandarla in un luogo dove non esiste il dolore. L'amavamo troppo per costringerla a restare. È veramente tanto triste sapere che il mio papà non sa di questa morte, lui e Rhoda giocavano insieme, le nostre passeggiate a tre facevano tanto bene al nostro spirito.
Dicembre 17, 2005

Rhoda: la mia storia di Natale
Eravamo prossimi al Natale in quel 1996 e in un allevamento di cavalli vicino a Varese, una mamma Maremmana di nome Greta metteva al mondo 8 piccoli e bellissimi cuccioli. Il loro papà era uno Schnauzer gigante di nome Rex e i cuccioli avevano preso solo da lui, erano tutti neri. Era il 24 dicembre, il giorno dopo sarebbe stato Natale. Proprio in quel 1996 la nostra famiglia affrontava molte traversie tanto da decidere, dopo molti anni, di prendere nuovamente un cane da affiancare al nostro vecchio Billy un gattone grigio; il cucciolo forse avrebbe aiutato mia figlia ad uscire da un brutto esaurimento nervoso. Cominciammo a girare per i canili, ma, strano a dirsi, nessuno volle darci il cane che tanto desideravamo, poi ci rivolgemmo ad una associazione che in un primo momento disse che ci avrebbe accontentato, ma poi non se ne fece nulla. Quando sembrava tutto perduto, passammo casualmente davanti ad uno studio veterinario e vedemmo sulla vetrina l'offerta dei cuccioli nati quel 24 dicembre. Ci precipitammo a Varese per vederli, erano uno spettacolo. Tutti e otto in un recinto si

davano un gran da fare. Una di loro si staccò dal gruppo e si buttò letteralmente tra le braccia di mia figlia, aveva una macchiolina bianca sul petto e sulle zampe posteriori. Giovanna la guardò un attimo e disse: scelgo lei. Fu una scelta per la vita.
Rhoda varcò la porta di casa nostra in febbraio, appena ebbe compiuto i canonici 60 giorni; era enorme, zampettava disordinatamente, ruzzolava e si rialzava come una palla. Battezzò il salotto con una bella pipì sulla moquette e da allora è stata la nostra vita, la gioia fatta persona e una compagna insostituibile per Giovy. È diventata un membro della nostra famiglia a tutti gli effetti, ci ha seguito ovunque, è stata sempre il nostro primo pensiero e devo dire che ci ha ampiamente ricambiato di un amore disinteressato fatto di allegria, di contatto fisico e di partecipazione costante a tutto quanto ci accadeva.
Ha condiviso momenti tristi e allegri della nostra vita, ha raccolto le mie confidenze nelle nostre lunghe passeggiate sul Monte Stella, ha asciugato spesso le nostre lacrime con una leccata, ha rallegrato le giornate di mio padre in questi anni di malattia e ci ha trasmesso la sua incondizionata fiducia negli essere umani. Tra pochi giorni avrebbe festeggiato il suo nono compleanno, invece Rhoda non c'è più. Un male cattivo ce l'ha portata via in 20 giorni. Era destino che la sua vita iniziasse e finisse a Natale, perché lei è stata il più grande dono che ci sia mai stato fatto. Un dono unico che ci ha arricchito, ci ha fatto diventare persone diverse, capaci di apprezzare le cose semplici. È stata lei ad insegnarci la bellezza della vita perché era sufficiente vederla correre felice sui prati delle montagne che amava tanto per capire che spesso la felicità è a portata di mano, basta saperla cogliere.

Questo sarà il primo Natale senza di lei, ma sono certa che lei sarà con noi ugualmente, metterà il suo musone sulla tavola imbandita con il solito sguardo implorante, farà roteare la sua codona a sciabola e ci darà anche qualche leccata, magari di sfuggita, per scacciare la nostra immensa tristezza. *Buon Natale tesoro mio, noi siamo con te. Ciao Rhoda!*
Dicembre 23, 2005

Ritorno a casa
Il 24 dicembre il regalo ce l'ha fatto Rhoda... è tornata a casa con noi nella sua piccola urna di colore azzurro che ora è nella vetrinetta delle "cose preziose" del nostro salotto. La immagino correre libera e felice sui prati meravigliosi del Ponte Arcobaleno in attesa di incontrarci, ma il fatto di avere qualche cosa di lei accanto a noi ci fa sentire un poco meglio.
Mio padre non chiede nulla, come se intuisse quello che è accaduto, teme un pochino la piccola Flora, è ancora troppo turbolenta per lui... ma imparerà a conoscerla.
Dicembre 29, 2005

Flora, dai proviamoci insieme...
Flora è la nostra cucciolotta nuova, anche lei Schnauzer gigante, anche lei nera. Ha due mesi e qualche giorno e ci sta letteralmente devastando la casa, comprese le nostre braccia e gambe. La sua presenza ci aiuta a non pensare sempre e solo a Rhoda, come tutti i cuccioli lei ha bisogno di attenzioni e di affetto, cerchiamo di fare il possibile, anche se il nostro cuore è pesante. Flora sembra avere un carattere diverso da Rhoda, è molto prepotente, molto testarda, un vero panzer. È meno cicciotta di Rhoda alla sua età, ma la vivacità è la stessa. Forse non ricordo bene che

cosa comporta avere un cucciolo in casa, forse non sono sempre ben disposta verso di lei, a volte vorrei rinchiudermi in me stessa per elaborare il mio dolore, ma lei c'è e il tempo per le introspezioni non può esistere. Spero di non togliere nulla a questa cucciolotta, lei non deve sostituire Rhoda, è il nostro nuovo cane e come tale merita tutta la nostra attenzione. Il tempo ci aiuterà... lei crescerà, ci farà conoscere le sue meraviglie e ci innamoreremo anche di lei. Abbiamo dedicato a Rhoda un ricordo particolare, un album fotografico caricato sulla sua homepage sul web, lo abbiamo fatto per ringraziarla dei meravigliosi anni che ci ha regalato. Mia figlia mi faceva notare che tutte le foto che ci ritraggono con lei ci mostrano sorridenti, è proprio vero. Lei sapeva sempre strapparti un sorriso, lei aveva il sorriso stampato sul suo tenero musone. Ma ora ricominciamo, ci saranno altri sorrisi, altre ansie, altre gioie. Questa è la vita.
Gennaio 09, 2006

Sole e vento

Elementi della natura che spesso condividono le nostre giornate, ci riscaldano e ci accarezzano quasi a lenire le nostre pene. La mia Rhoda se n'è andata in una splendida giornata di sole di dicembre. Mio marito, mia figlia ed io ci siamo ritrovati per strada, inebetiti dal dolore, dopo averla accarezzata a lungo in attesa della buona morte, un vento impetuoso si è levato all'improvviso e ci ha avvolto, ha condiviso il nostro abbraccio, lì su quel marciapiede di città. Ci siamo curvati su noi stessi per ripararci dal vento e dal dolore e, singhiozzando, siamo tornati a casa. Non abbiamo fatto caso al vento, in quel momento avevamo altro a cui pensare. Ma ieri una folata di vento ci ha abbracciato nuovamente e ci ha riportato alla mente quel momento terribile. È stata una sensazione struggente, un ultimo saluto

di chi abbiamo lasciato andare... forse, mi piace pensare che sia così.
Gennaio 25, 2006

Panico e fuga
Ieri sera Flora ci ha fatto prendere un bello spavento. Condotta fuori per i soliti bisognini è scappata in preda al panico appena mio marito l'ha lasciata. Lui è corso sulla strada e, non sapendo più dove cercare, ci ha chiamato al cellulare, ma nel frattempo è arrivato davanti a casa e... Flora era lì, timorosa, orecchie basse, davanti al cancello ad attenderlo.
Non ci sappiamo spiegare le cause di questa fuga, indubbiamente il panico, ma di che cosa? Due giorni or sono la cucciola è stata aggredita da uno Sharpei maschio, peraltro cucciolone, che le ha provocato uno sbrego sulla coscia. Forse la paura di incontrarlo di nuovo può aver scatenato la sua crisi. Comunque abbiamo deciso di non lasciarla più di sera fino a che l'educatore non ci confermerà che si può fare. È grande e grossa (pesa già 17 chili) ma ha pur sempre solo 4 mesi, la mia tatona.
Febbraio 24, 2006

Pasqua sul Lago di Como
Un'occasione particolare ci ha portato a Bellagio, una ridente località sul lago di Como. Abbiamo affittato un appartamento in un residence con un piccolo giardino e ci siamo goduti la particolare sensazione di essere all'estero. Il luogo è frequentato per lo più da americani e inglesi, la passeggiata a lago è bellissima, c'è un grande viavai di traghetti e l'atmosfera è di grande ospitalità e cortesia. Abbiamo passato il tempo ammirando negozi bellissimi dislocati su suggestive scalinate di sassi, ci siamo goduti i

numerosi bar e gelaterie sotto i portici, insomma abbiamo scoperto un angolo di paradiso che si affaccia su un lago che, pur essendo molto bello, mi trasmette a volte un poco di tristezza. Inutile dire che Flora ha letteralmente spopolato, i turisti non facevano che fermarci per accarezzarla e coccolarla, ovviamente ampiamente ricambiati da lei. Abbiamo scoperto che tutti avevano avuto o avevano nei rispettivi paesi uno Schnauzer gigante... forse questa razza è più famosa all'estero che in Italia. Insomma ci siamo svagati quel tanto che basta per ricominciare.
Aprile 22, 2006

Considerazioni sull'amore e sul dolore

Amore e dolore sono parole grosse, questi due sentimenti ci accompagnano per tutta la nostra vita, anzi sarebbe meglio dire che ne scandiscono gli eventi gioiosi e tristi.

La perdita della mia Rhoda è stata per ora il dolore più grande della mia vita. Non voglio scandalizzare nessuno e quindi preciso che la mia vita non è stata per nulla facile, ho avuto altri lutti e ora convivo con la penosa situazione di mio padre che ha il morbo di Alzheimer, eppure la perdita del mio cane ha annullato tutte le altre sofferenze, o quantomeno, le ha accantonate.

Forse il cuore non può sopportare più dolori contemporaneamente e la mente mette in atto delle autodifese, forse la perdita di Rhoda ha fatto entrare la morte nella mia casa, nella mia famiglia, e questo non era mai accaduto. Sarà certamente così, ma il dolore immenso che ho provato io lo ha provato anche la mia famiglia, un dolore grande, per ora il più grande.

Poi è arrivata Flora e con lei è stato un inizio difficile. Il cuore diviso tra il dolore cocente e un sentimento nascente d'amore per lei, sono stati tre mesi infernali, fatti di sofferenza e di speranza.
Ora l'amore per lei sembra avere la forza di emergere e i nostri cuori sono meno dolenti.
La cosa che mi spiace maggiormente è l'aver caricato la piccola di un compito troppo grande per un cucciolo, quello di consolarci. Lei lo ha capito e lo sta facendo a suo modo.
Flora si è aperta con noi solo quando noi ci siamo completamente lasciati andare con lei.
Un inizio difficile, un amore nato tra mille sofferenze, ma forse per questo più prezioso e duraturo.
Che dire di questa piccola grande cucciolotta che ha sofferto con noi e che ora ci sta conquistando? Lei è il nostro nuovo amore, non più piccolo del precedente e non più grande, semplicemente diverso e da coltivare giorno per giorno.
Un'ultima cosa: il lettore di questo post può avere idee diverse sull'amore per gli animali oppure, semplicemente, non ha mai provato ad averne uno e a perderlo. Chiedo a chi legge di non banalizzare, di rispettare il dolore di chi, scrivendo, ha messo a nudo dei sentimenti autentici.
Maggio 02, 2006

Sono Flora, permettete una parola?

Questa volta mi prendo la parola, sono Flora, ho solo sei mesi, ma ho già la mia piccola storia da raccontare. Sono arrivata in questa casa il 17 dicembre. Nel tragitto in macchina che ho fatto sulle ginocchia di G., una bella ragazza che ancora non conoscevo, ma che ora è la mia G., ho percepito che qualche cosa non andava. L'odore nell'auto intanto mi indicava chiaramente l'esistenza di un altro cane, un cane che però non era lì con noi. Mi sono

detta che questo cane mi avrebbe accolto a casa, invece, appena arrivata mi sono fiondata in tutte le stanze e del cane nemmeno l'ombra. Eppure c'era una cuccia piena del suo "odore", una ciotola e altre cose che confermavano ciò che io sentivo. G. mi guardava con tenerezza, anche le altre due persone lo facevano, eppure io avvertivo che tutti avevano tanta tristezza nel cuore.
In serata ho visto lacrime rigare i loro volti, gesti pieni di dolore accompagnare le loro azioni e ho sentito un nome ripetuto più volte, come fosse una invocazione... Allora ho capito, Rhoda era la cagnona di casa e se ne era andata, la casa era la sua, l'auto era la sua e anche i padroni erano i suoi...
Non sapevo che fare, ero piccina per cercare di aiutarli e forse non mi sentivo nemmeno troppo desiderata... Abbiamo passato 3 mesi durissimi, loro con il loro dolore che piano piano si addolciva dell'amore che avevano per me, e io che cercavo di accaparrarmi in ogni modo la loro attenzione. Devo dire la verità, sono stata tremenda, li ho morsi ovunque, ho fatto dispetti e più sentivo il loro dolore riaffiorare, più li mettevo alla prova.
Ho conosciuto Rhoda, le sue foto sono in casa e spesso l'ho vista aggirarsi nei suoi luoghi preferiti, vicino alla finestra, in camera della mamma e del papà, dove lavora la mia padroncina, lei è un cagnone nero enorme, mi assomiglia molto, forse anch'io diventerò così grossa o forse no. Rhoda ed io, per quello strano sesto senso che hanno tutti gli animali, abbiamo trovato un accordo, lei mi darà una mano a conquistare i nostri padroni se io finirò di farli disperare.
Le cose ora vanno meglio, mi sono lasciata andare e anche i miei padroni l'hanno fatto, salto sul lettone e li riempio di baci, mi accoccolo vicino alla Gio che lavora al computer,

ma non nel posto che era di Rhoda, lei tiene ai suoi spazi e io questo lo rispetto.
Forse tutti noi abbiamo imboccato la strada giusta.
©Flora
Maggio 15, 2006

Un regalo preziosissimo

Da qualche giorno il papà non riesce più a trovare le parole per comunicare con noi. Ci sorride, sono certa che riconosca i nostri visi, credo però che non sappia chi rappresentiamo per lui. Forse anch'io sono solo un viso noto, non sa che sono sua figlia e questo mi fa impazzire di dolore perché è come se perdessi io stessa tutto il mio passato. Mi domando spesso se in questa fase della malattia mio padre si renda conto di tutto ciò che non è più in grado di fare e se ne soffra. Tante testimonianze di parenti di malati affermano che un barlume di coscienza è sempre presente, la loro mente è come un lumicino che vacilla ma non si spegne e qualche volta, chissà per quale strana coincidenza, consente loro di ricordare qualche volto, qualche luogo, qualche cosa di amato. Visto che per i malati di Alzheimer la manualità è molto importante, qualche giorno fa ho comperato per mio padre del Das con alcune formine, gliele ho date e gli ho mostrato come avrebbe dovuto fare. Lui ha messo da parte le formine, ha preso la pasta tra le mani e automaticamente ha costruito una piccola trottola, la stessa che faceva quando io ero bambina bagnando e amalgamando la mollica di pane, poi me l'ha regalata. È il più bel regalo che potesse farmi.
Giugno 04, 2006

Cappuccino e brioche

Da circa una settimana mio padre viene a fare colazione con me, mia figlia e Flora. Viene messo sull'ascensore e io lo aspetto al piano terra, lui arriva tutto contento e pronto per uscire. Dobbiamo aiutarlo a fare le scale e a salire in macchina, ma mi fa piacere vederlo contento, quando arriviamo al bar si avvia al nostro solito tavolo senza alcuna indecisione. Visto che mangia pochissimo, approfitto di questa occasione per fargli prendere almeno del latte con una brioche, di solito gliela inzuppo a pezzetti nelle tazza e lui accetta che lo imbocchi. Vedo che la gente mi osserva, ma non mi interessa. Mi preme che il papà mangi qualche cosa e voglio regalargli un po' di serenità. Quando abbiamo terminato la colazione, facciamo un giro in auto e ci fermiamo all'area cani per far giocare Flora. Qualche volta mio padre vuole partecipare al gioco e le tira la pallina, altre volte si siede sulla panchina e sta a guardare.

Giugno 05, 2006

Gli "amici" del papà

Questa mattina mi è capitato di entrare con mia figlia nel bar dove mio padre da anni prende il caffè e l'ho incontrato con il filippino, mi è venuto incontro e mi ha fatto una gran festa. Mentre stavamo uscendo ho sentito un commento velenoso su di lui fatto da una persona che credevo essere sua amica. Ho lasciato che mio padre uscisse e poi ho reagito. La persona si è scusata, probabilmente non se l'aspettava. Mi è costato molto dover chiarire che mio padre è malato, che se non saluta non è per cattiva educazione, ma mi sono sentita in dovere di farlo. Mentre parlavo mi si sono riempiti gli occhi di lacrime, allora mia figlia mi ha stretto forte la mano e ci siamo allontanate.

Mio padre non è solo nella sua battaglia, io per lui lotterò sempre, i malati di Alzheimer sono persone che spesso non si sanno difendere ma che conservano la loro dignità.
Luglio 05, 2006

Stanchezza
Credo che tra poco la mia famiglia dovrà affrontare il problema dell'assistenza di mio padre. Personalmente propendo per una assistenza domiciliare qualificata. Il ricovero in casa di riposo mi trova assolutamente contraria. Ho sempre pensato che nessun anziano della famiglia avrebbe dovuto finire i suoi giorni in un ricovero e fino ad ora è sempre stato così. Entrambe le mie nonne sono rimaste a casa loro fino alla fine, non vedo perché per mio padre le cose dovrebbero andare diversamente.
Luglio 06, 2006

Caos... non tanto calmo
Questi sono giorni in cui emozioni e sentimenti sono in libera uscita. Siamo nel caos più completo a causa dei problemi legati all'assistenza di mio padre. Il solo pensiero di inserire il papà in un nucleo protetto, che vuol dire porte chiuse elettronicamente, braccialetti alle caviglie, sorveglianza strettissima, mi procura un dolore fisico: mio padre ama la libertà, ne è stato privato quando, bimbo e poi adolescente, è vissuto in un collegio e quando è stato internato a Mauthausen, come deportato. Il suo deficit cognitivo è grave, gli antipsicotici che gli vengono somministrarti per combattere irrequietezza ed allucinazioni fanno il resto. Nonostante tutto ciò, mio padre, che pesa ora

65 chili, continua ad infilare la porta e ad uscire... è malfermo sulle gambe ma il carattere è forte e deciso come sempre... La verità è che la sua vecchiaia è orribile e io avrei voluto ritrovarmelo accanto magari con tanti acciacchi, ma lucido e pronto a dispensare consigli. Purtroppo non è così. Ora con il papà è rimasto un giovane filippino che non parla bene l'italiano, ma è molto gentile e paziente. Mio padre lo ha spesso messo alla porta, lui se ne è andato, ma poi è tornato. Siamo tutti molto stanchi, depressi e scossi emotivamente. Questa settimana è stata veramente difficile, sono arrivata ad augurarmi che mio padre possa andarsene nel sonno, per evitargli un allontanamento dalla sua casa e altre frustrazioni.
Stiamo vivendo un incubo in cui siamo tutti attori e vittime. Mi chiedo se ci sarà mai fine a tutto questo.
Luglio 08, 2006

Automobile che passione!

Andare in giro in macchina è l'attuale passione di mio padre, la sua voglia di andare è significativa. Vuole fuggire, mettere una distanza tra sé e la sua malattia, o forse vuole sentirsi ancora normale. Appena ci è possibile lo accontentiamo. Io prendo la mia Wagon e lo porto in giro in città, ma ogni volta che mi fermo al semaforo sono guai, il papà mi incita ad andare avanti, a non fermarmi. Allora cerco strade non troppo trafficate e quando lo riporto a casa mi dice sempre: «*No, non fermarti qui, dai andiamo...*», ma riconosce ancora la sua casa e questo mi conforta. Mio marito invece porta il papà in autostrada, gli fa mettere la cintura di sicurezza, gli accende la musica e lui è felice. Spesso arrivano fino a Sesto Calende e al ritorno mio padre

si addormenta. A volte partecipiamo tutti alla "gita" con lui, viene anche Flora, il papà si siede accanto a Mario, osserva tutto e fa i suoi commenti. Se gli chiedo come va, mi risponde sempre «*Benissimo*». Quando lo guardo riesco per un attimo a dimenticare la sua malattia e ad immaginare di essere in viaggio con lui, come accadeva un tempo, quando tutto questo disastro non era nemmeno prevedibile.
L'ultima volta che mio padre ha guidato la sua adorata Alfa Romeo 33 l'ha fatto nel cortile dei box. Ricordo che ha avviato l'auto e si è messo a girare in cortile ad una velocità abbastanza sostenuta, poi è salito in casa mia e mi ha detto che si era divertito un mondo. Eravamo nel maggio del 2002.
Luglio 09, 2006

Una diagnosi confortante
Oggi il fratello psichiatra di una mia carissima amica si è offerto di visitare mio padre perché mi ha sentito disperata per la sua ostinata inappetenza. Con molta pazienza e tanto garbo è riuscito a vincere la sua diffidenza e verificare le sue condizioni neurologiche. Le conclusioni mi hanno abbastanza sollevata. Il papà ha ancora coscienza di sé, le sue "lotte" e il suo rifiuto del cibo sono una forma di protesta verso il filippino che lo assiste qualche ora al giorno e che lui non sopporta. Ad esempio ieri sosteneva di non aver cenato, in realtà lo aveva fatto ma non se ne rammentava, la reazione del filippino è stata nervosa e la risposta di mio padre lo è stata altrettanto. Il ragazzo probabilmente non è preparato ad affrontare questa fase della malattia, non gliene faccio una colpa. Sono convinta che una persona qualificata avrebbe reagito in altro modo.
Luglio 15, 2006

Il papà ha preso un autobus...

Ieri mio padre ha preso un autobus a nostra insaputa ed è andato a Pero, lì fortunatamente alcune brave persone hanno visto che era in difficoltà e lo hanno riaccompagnato a Milano. Nel frattempo i vigili urbani avevano ricevuto la nostra segnalazione e quando lo hanno visto lo hanno intercettato e portato a casa. Quello che è avvenuto ha dell'incredibile, non so come abbia fatto mio padre a raggiungere il capolinea dei mezzi pubblici, forse ci è arrivato casualmente e poi è salito sul primo autobus in partenza. Forse sta iniziando una nuova fase della malattia, quella del Wondering. Per ogni evenienza ho pensato che è meglio avere sue foto recenti e così ho fatto finta di nulla e gli ho scattato due foto con il cellulare. In questi giorni ho letto e riletto il libro "Visione parziale", il diario che un professore di storia malato di Alzheimer ha scritto con l'aiuto della figlia, dettando le sue sensazioni, le sue paure e i suoi stati d'animo ad un registratore. Credo che si tratti di un documento straordinario anche per chi non ha avuto contatto con questa malattia. Ho capito molto di ciò che ora prova mio padre, della visione parziale della vita che la malattia lo costringe ad avere.

Luglio 24, 2006

Etichette e GPS per ritrovare il papà

Sono allarmata per la necessità di fuga che mio padre ha iniziato a manifestare. Oggi ho ordinato su un sito web delle etichette adesive con cognome, nome, indirizzo e recapito telefonico da attaccare ai suoi abiti. Non vedo l'ora che arrivino. Ho anche cercato il GPS da polso, non so se sia una buona idea perché lui non sopporta nemmeno l'orologio e poi dovrei ordinarlo negli Stati Uniti, in Italia non è ancora considerato uno strumento utile per i malati di Alzheimer.

Mio figlio sta cercando questo oggetto su Ebay, speriamo che lo trovi. Mi sentirei più tranquilla.

Un'altra fuga...

Mio padre ci ha riprovato. Sotto un sole cocente, con passo sostenuto, si è incamminato verso l'ignoto alle 12,30 di un giorno qualsiasi di questo luglio milanese. Pantaloni grigi, camicia azzurra, giubbino trapuntato blu, bastone, altezza mt. 1,75, capelli bianchi: questo l'identikit del nonno che mia figlia ha segnalato alle pattuglie dei vigili urbani di zona, alla polizia e ai carabinieri, e poi tutti noi in giro a cercarlo senza capire più niente, con il cuore pieno di paura, la paura di non rivederlo più, la paura che la città semivuota lo potesse inghiottire, la paura che qualche malvivente gli facesse del male. Ma lui, mio padre, è un uomo tosto pur nella sua infermità, e così deve essersi avvicinato ad una donna, una brava persona che lo ha visto in difficoltà e che ha trovato un numero di telefono, lo ha composto e la sua brutta avventura si è avviata verso un lieto fine. La polizia lo ha trovato, lo ha portato a casa sulla macchina azzurra. Lo aspettavo sul marciapiede, gli occhi piedi di lacrime, con i miei figli. Loro, i poliziotti lo rincuoravano: «*Signor Ferdinando, non è successo niente...*» gli ripetevano con tanta tenerezza. Il tempo di fornire alle forze dell'ordine qualche informazione e poi l'ho preso sottobraccio, senza riuscire a fermare le lacrime, gli ho detto: «*Papà, vieni a casa*». Un po' d'acqua per calmarlo, le sue lacrime con le mie in un abbraccio: «*Papà, ho avuto tanta paura, ti sei spaventato?*» «*Sì, ma è andata bene!*».

Non so dove lui volesse andare, forse voleva semplicemente fuggire dalla malattia che lo sta annientando, forse ha tentato di seguire il suo spirito libero, senza pensarci troppo,

in cerca di un po' di felicità, ma è stata un'esperienza terribile.
Luglio 31, 2006

Non vacanze

Siamo in Alto Adige dallo scorso 2 agosto, ma non siamo ancora riusciti a staccare dallo stress di un anno davvero terribile. Eppure questo luogo lo abbiamo adorato da sempre: prati, boschi, verde, verde e ancora verde.
Inutile dire che tutto qui ci ricorda Rhoda, lei amava tanto questi boschi, per Flora non è così, lei non si esalta per i profumi "rustici", lei è diversa, molto diversa, e pure amandola tantissimo, a noi manca ancora Rhoda. Abbiamo provato la sensazione che tutto sia veramente cambiato da quando lei non c'è più, anche questo luogo non riusciamo più a vederlo con gli stessi occhi.
Flora ci ha fatto prendere uno spavento enorme, si è riempita di bozze rosse e le si è gonfiata tutta la testa, non le si vedevano più gli occhi, e allora corsa dal veterinario, due punture desensibilizzanti e una giornata in cui lei si è grattata selvaggiamente e senza trovare pace; ora sembra stare meglio, ma non avendo individuato che cosa ha scatenato la crisi (puntura di insetto, contatto con qualche pianta...) siamo costretti ad essere guardinghi verso qualsiasi cosa lei annusi, una vita d'inferno se consideriamo che qui ci sono solo prati e che lei vorrebbe correre con la sua pallina.
Anche mio padre amava questo luogo, adorava venire con noi in cerca di funghi in questi bellissimi boschi, quando mi parla al telefono e sente che sono a Valdaora, fa un sospiro e mi dice: «*Bello Valdaora, ma quando torni?*». Mi piacerebbe poterlo riportare qui ancora una volta, ma so che

i cambiamenti di ambiente sono negativi per lui e non posso aggravare le sue condizioni.
Qui a casa fa un freddo cane, abbiamo visto in 10 giorni due mezze giornate di sole e pur avendo in villa una bella stufa di ceramica, non ci è consentito accenderla e così ci siamo comperati una stufa elettrica per scaldarci un po'.
Mio figlio mi ha appena chiamato per dirmi che il papà è scappato ancora di casa e fortunatamente ha incontrato lui che era casualmente a Milano per andare in banca, altrimenti forse ora non sarei qui a scrivere...
Pensieri, pensieri, sempre pensieri. Sono in vacanza e sto malissimo, la verità è che non posso fuggire dalla realtà, cambiare luogo non serve a nulla se stai male dentro.
Agosto 12, 2006

I tiri del destino
Ecco che nel tourbillon dei nostri problemi si introduce un elemento nuovo e a sorpresa, nella notte tra venerdì e sabato il mio appartamento è stato svaligiato dai ladri. Quindi in fretta e furia abbiamo fatto le valigie e siamo rientrati a Milano. Ci hanno rubato un po' di tutto, ma non è stato un danno economico enorme, quello che invece è enorme è l'ennesima violenza psicologica che subiamo. Questo è infatti il quinto furto messo a segno nei nostri confronti. Ora diventa urgente trovare un'altra casa, ce lo siamo detti mentre affrontavamo l'interminabile viaggio di ritorno a Milano (quasi 8 ore per fare 400 km) e ora, una volta sistemate le cose, ci metteremo a cercare. Magari ciò che è accaduto è la spinta vera per cambiare... staremo a vedere.
Agosto 21, 2006

Irriconoscibile

Ho visto mio padre al ritorno dalla vacanze e ho stentato a riconoscere in lui l'uomo che avevo lasciato solo 17 giorni prima: smagrito all'inverosimile, gli occhi fissi nel vuoto, il passo incerto e la schiena ricurva. Il suo decadimento fisico ha avuto un'accelerazione causata dai farmaci che assume a dosaggi sempre più alti, parla pochissimo, a volte non riesce ad emettere suoni, non mangia nulla eppure, nonostante tutto, vuole andare, vuole uscire, vuole salire sulle macchine che trova parcheggiate per fare un giro. Ieri sera l'ho trovato con il filippino in Viale Scarampo, seduto su una Alfa Romeo verde come quella che aveva lui, accanto ad un guidatore sconosciuto, ma fortunatamente gentile.

Il filippino mi ha telefonato perché non riusciva a far scendere il papà da quell'auto; fortunatamente, quando ha visto la mia Wagon non ha fatto storie e si è seduto accanto a me per tornare a casa, e la cosa è finita li.

Agosto 25, 2006

Verso il ricovero

Ieri sera, al termine di una giornata molto stressante, mi è stato comunicato che mio padre sarà ricoverato in un istituto per anziani. La decisione mi trova assolutamente contraria, ho espresso la mia opinione, l'ho motivata e ho anche indicato alcune valide alternative. Vorrei che accanto a lui ci fosse una badante qualificata, in grado di assisterlo fino alla fine con un buon supporto medico o infermieristico. Vorrei anche poterne parlare con il papà, ma che posso dirgli? Che verrà mandato in una casa di riposo? Non ho il coraggio di farlo perché lo farei soffrire moltissimo ed è l'ultima cosa che voglio.

Settembre 01, 2006

Ho visto la RSA

Sono andata con mio marito a vedere la residenza che dovrà ospitare mio padre. La struttura esterna mi è sembrata in buone condizioni, ma ho subito notato che è del tutto priva di recinzione e credo che per questo non sia idonea al papà. Anche se cammina a fatica, potrebbe allontanarsi indisturbato. Sono molto preoccupata.

Settembre 01, 2006

Ma questo vecchio è il mio papà?

Per il 21 settembre è fissato il ricovero di mio padre. È una decisione che mi addolora moltissimo e che non avrei mai pensato potesse essere presa. Il cuore mi dice che questo ricovero è ingiusto perché il papà sta tanto male, perché è vecchio e il suo vissuto non è stato certo facile, perché è semplicemente mio padre e io gli voglio tanto bene. Da quando abbiamo scoperto la sua malattia abbiamo fatto tanti sacrifici, abbiamo superato momenti difficilissimi e ora tutto viene cancellato e vanificato. Credo che per evitare questo ricovero basterebbe ricordare quanto mio padre ha fatto per tutti noi. È una situazione difficilissima dove ognuno sta dando il peggio di sé, ne sono consapevole e ne sono tanto dispiaciuta.

Settembre 01, 2006

Gli infermieri ci danno una mano

Il filippino non è più in grado di badare da solo a mio padre e così il nostro medico curante ci ha segnalato alcuni infermieri professionali che potranno darci un valido aiuto facendo dei turni di notte. Io controllo la situazione e salgo alle sette del mattino per assistere al cambio della guardia. Mio padre è disorientato, a volte cerca di ribellarsi, altre

accetta di buon grado di farsi accudire. La mia impressione è che si sia indebolito ulteriormente, probabilmente sotto l'effetto degli antipsicotici, mangia pochissimo e avrebbe necessità di una flebo per essere reidratato, tutti gli infermieri che si sono avvicendati lo hanno ribadito. Per questo io vorrei che fosse ricoverato in una casa di cura e non in una struttura residenziale, solitamente nelle RSA l'assistenza è carente, si tratta solo di parcheggi per anziani, l'assistenza medica occorre cercarla altrove.
Per ora il papà gira per casa con la sua vestaglia bordeaux a righe e tenta sempre di prendere la porta per scendere a casa mia. Quando diventa troppo insistente gli infermieri mi chiamano e io mi precipito di sopra per calmarlo. Ieri sera era agitatissimo e non ne voleva sapere di rimanere solo in casa con gli infermieri, mi sono fermata a vedere la televisione con lui fino a quando ha preso sonno. Quando sono scesa a casa mia era quasi mezzanotte.
Ho l'impressione che questa non sia la strada giusta per lui, i farmaci che assume lo stordiscono e lo irrigidiscono.
Settembre 02, 2006

Oggi sarà una giornata terribile
Sono salita da mio padre alle 7,30 di questa mattina, l'ho trovato in uno stato terribile, non riusciva ad alzarsi per andare in bagno, mi ha detto con un filo di voce: «*Aiutami...*». L'ho fatto. L'ho rimesso a letto, lui respirava a fatica, il suo corpo mi ha ricordato un albero rinsecchito, rigido e fragile allo stesso tempo. Tra me e lui c'è sempre stata tanta sintonia e c'è anche ora, mi sono chinata su di lui per vederlo bene negli occhi semichiusi e gli ho detto: «*Ciao papà, ti voglio bene, ricordatelo*». Lui ha fatto cenno di sì, poi l'ho baciato sulla fronte. Alle 10 di questa mattina

quest'uomo, che è vicino alla fine dei suoi giorni, verrà allontanato dalla sua casa per essere ricoverato in una RSA.
Settembre 21, 2006

Il papà incredibilmente è a casa...
La notizia mi ha raggiunto mentre ero in autostrada, mio padre è stato portato al ricovero ed è stato rimandato a casa per ragioni non del tutto chiare. Mio figlio era al settimo cielo quando mi ha telefonato e noi tutti ridevamo e piangevamo allo stesso tempo. Abbiamo subito pensato che le nostre preghiere fossero state ascoltate: la mia nonna paterna, la mia amata zia e perfino la mia Rhoda devono essersi mosse a compassione per questo povero vecchio e lo hanno aiutato a rimanere a casa sua. Nel 2001, passavo una notte con mio padre alla Clinica Città di Milano in attesa che subisse un delicato intervento all'intestino, eravamo entrambi a letto, io ero agitatissima, non riuscivo a prendere sonno perché temevo che quella fosse la sua ultima notte, lui invece era straordinariamente calmo, mi disse che il suo angelo custode lo avrebbe protetto e, come sempre era accaduto nella sua vita tormentata, anche questa volta non lo avrebbe lasciato solo. Allora le cose andarono bene. In questi giorni il dolore indicibile per quello che stava accadendo e per la mia impotenza mi hanno fatto temere che l'angelo custode del papà si fosse distratto per un attimo, naturalmente mi sbagliavo. Grazie angelo, voglio tanto bene anche a te.
Settembre 24, 2006

Aiuto psicologico
Sono così provata da questo annunciato ricovero del papà che ho deciso di far tesoro del consiglio che mi ha dato una mia carissima amica di Livorno, andrò dalla sua terapeuta

che riceve ogni settimana anche a Milano. Sto veramente malissimo e ho la sensazione di un crollo imminente delle mie condizioni di salute, non dormo di notte, le giornate sono un incubo per via della malattia di mio padre e a tutto questo si aggiunge il lavoro per il quale dovrei usare la testa e invece non riesco più a concentrarmi. Spero che la persona a cui mi rivolgerò mi aiuti veramente.

È arrivata una nuova badante

Finalmente è stata trovata una badante per il papà. Non sono stata coinvolta nella scelta, ma non ha importanza. L'ho conosciuta oggi, la ragazza si chiama Vera, ha un viso molto dolce, parla abbastanza bene l'italiano e ha già avuto esperienze con anziani. Il papà sembra apprezzarla, lei gli parla con gentilezza e lui risponde volentieri. Probabilmente questa ragazza che viene dall'Ucraina, e che ha anche lei tanto sofferto, offrirà a mio padre l'opportunità di finire i suoi giorni nella sua casa.

Ottobre 01, 2006

Caro angelo stai in campana...

È venuta la neurologa per esaminare la situazione di mio padre e ha sentenziato che la sua fine è questione di mesi e quindi noi ci si dovrebbe preparare al peggio in due modi: o con un'assistenza qualificata a domicilio o con un ricovero. La seconda ipotesi ha solo la funzione di "*non vedere*" mio padre che se ne va, perché, la dottoressa ci ha detto chiaramente che in ricovero lui verrà solamente sedato.

Io rimango della mia idea anche perché finalmente mio padre ha una badante bravissima e con lei è tranquillo, si

lascia portare fuori in sedia a rotelle e la cerca quando non la vede nella stanza.
Caro angelo, non sono tranquilla, tu stai in campana...
Ottobre 04, 2006

Mi resta solo mio padre
Questa mattina presto, erano le cinque, un'ambulanza ha spento la sirena proprio davanti al nostro condominio, ci siamo svegliati tutti con il cuore in gola pensando a mio padre che abita sopra di noi. Abbiamo alzato le tapparelle ma non c'era alcun movimento. Questo episodio mi ha fatto completamente perdere il sonno e così sono rimasta ad occhi aperti a pensare. Mio padre, pur malato, è l'unico affetto che mi rimane della famiglia in cui sono nata, l'unico collegamento con il mio passato, e quando se ne sarà andato sarò più sola. La verità è che il solo pensiero di perderlo mi spezza il cuore.
Ottobre 05, 2006

Collasso e ripresa
Dopo il crollo fisico che mi aveva fatto temere il peggio tanto da indurmi a chiamare il nostro parroco perché gli impartisse l'Estrema Unzione, mio padre sembra si stia riprendendo. Che cosa è accaduto? Semplicemente questo: la dottoressa che lo aveva visitato recentemente gli aveva tolto tutti i farmaci che stava assumendo per prescrivergliene uno nuovo ad un dosaggio abbastanza elevato e in un'unica somministrazione. Purtroppo questo ha provocato a mio padre un blocco motorio grave. Era inerme

sul divano con il capo reclinato all'indietro e la bocca spalancata, incapace di emettere alcun suono. Fortunatamente il nostro medico ha compreso il problema e ha tolto il farmaco incriminato, proponendo di lasciare il papà senza medicine per qualche giorno per disintossicarlo. È quasi trascorsa una settimana, mio padre ha ripreso a camminare e a mangiare ed è assolutamente tranquillo. La sua badante ha fatto il resto, si occupa di lui con pazienza e gli infonde tanta tranquillità. L'unica cosa che mi preoccupa è l'espressione triste che scorgo sul suo viso, temo che si stia rendendo conto di come è ridotto e questo mi addolora moltissimo.
Ottobre 06, 2006

Nasce un nuovo campione
Il mio nipotino di otto anni inizia oggi la sua carriera di calciatore nella squadra pulcini di Saronno. Purtroppo il tempo non è dei migliori, ma sono certa che un atleta come lui non si farà intimidire da un po' di pioggia. Faremo tutti il tifo per lui e per i suoi sogni. "*Forza tesoro della nonna, il Milan ti attende*". Chissà come sarebbe contento mio padre se potesse vedere che finalmente un maschio della famiglia ha la sua stessa passione sportiva. Quando mio figlio era piccolo, il nonno, che aveva giocato nel Milan in prima squadra, aveva tentato più volte di instradarlo al gioco del pallone ma senza successo; chi l'avrebbe detto che il suo pronipote, peraltro nato anche lui nel segno dell'ariete e che come secondo nome fa Ferdinando, aspiri a diventare un campione? La vita ripaga sempre, peccato che il mio papà non lo possa sapere.
P.S. la partita è andata alla grande, la squadra del mio nipotino ha vinto per 3 a 2.
Ottobre 07, 2006

Ricordando l'Insurrezione Ungherese

Sono passati 50 anni dall'Insurrezione Ungherese e voglio raccontare ciò che ricordo di quel tragico evento: avevo dodici anni e quella sera dell'ottobre 1956 ero a tavola con la mia famiglia quando la radio interruppe i suoi programmi per trasmettere un appello disperato del popolo ungherese che stava per essere sopraffatto dalle forse armate dell'Unione Sovietica. Un'insurrezione domata nel sangue di tante povere persone. Mi sento ancora addosso la paura che mi colse sentendo quell'appello e la domanda che rivolsi a mio padre: «*Papà, ora cosa capiterà?*». La risposta di mio padre volle essere rassicurante, ma io capii che per quei poveretti non c'era più nulla da fare: smisi di mangiare e mi rannicchiai sul divano in preda a pensieri orribili. Se dovessi cercare una motivazione remota per l'avversione che provo per il comunismo, direi che l'Insurrezione Ungherese è una di queste.

Ottobre 07, 2006

Ieri e oggi

Nel pomeriggio di ieri il papà è sceso a casa mia, l'ho visto abbastanza bene se consideriamo la malattia e quanto ha appena passato. È entrato chiedendo permesso e andando a cercare mia figlia prima e mio marito poi, segno questo di una certa presenza a se stesso. Abbiamo guardato un poco la Tv, lui ha fatto i suoi commenti e anche qualche risatina, si è bevuto un succo di frutta e poi ha chiesto di salire a casa sua. La cosa veramente strana è che in questo periodo la sua memoria sembra essere più viva e la sua voglia di comunicare più accentuata. Credo che il cocktail di farmaci che gli veniva somministrato gli oscurasse ancora di più la

mente, ora ne assume una dose minima, quanto basta per tenerlo calmo, e sembra che le cose vadano meglio.
Oggi, guardando mio padre, mi ritrovo a pensare che forse avrebbe potuto non essere qui. Se quel 21 settembre lui fosse stato accolto nel ricovero, probabilmente oggi non ci sarebbe più. Pensando a questo, devo credere che mio padre lassù sia amato. Considero quanto è accaduto un fatto che ha del miracoloso, non nascondo che quel giorno avevo perso tutte le speranze, tutti i miei tentativi per evitargli il ricovero erano falliti e allora mi ero affidata alla preghiera. Ho pregato una notte intera. Quando sembrava non esserci più alcuna via d'uscita tutto è cambiato e mio padre è stato rimandato a casa. Oggi il mio papà è a casa sua, ha una brava badante ed è sereno. Non credo che potrò mai dimenticare la sofferenza e la disperazione che ho provato in quei giorni, il dolore immenso condiviso da mio marito e dai miei figli, per quanto stava accadendo a mio padre, però la mia fede ne è uscita rafforzata, ora so che le preghiere sono ascoltate quando vengono dal più profondo del cuore.
Ottobre 16, 2006

Un poco di svago

In questo periodo il lavoro non manca, mi sono stati commissionati articoli per 6 mesi da due importanti giornali femminili e quindi aggiungendo tutto ciò al mio solito lavoro su internet e ai problemi che ho in famiglia, mi resta davvero poco tempo libero. Oggi ci siamo presi un pochino di svago, ci siamo messi in macchina e abbiamo raggiunto Grazzano Visconti. Questo splendido paesino è la nostra meta fissa all'inizio dell'autunno, ma quest'anno non abbiamo trovato i soliti magnifici colori dei rampicanti sui muri delle antiche dimore, ma bellissimi fiori che adornavano ancora i balconcini medievali. Un po' di

shopping, una passeggiata nella Nuova Corte, ricca di botteghe alimentari, tanti complimenti per Flora, come sempre ammiratissima, e poi di nuovo in macchina verso casa per preparare una cenetta tra amici. Insomma per una volta ci siamo coccolati.
Ottobre 14, 2006

Buon compleanno Flora
Oggi la nostra schnauzerona compie il suo primo anno di vita, è diventata grande, grossa e pelosissima, è uno splendore. Si è ritrovata in una famiglia che non aveva affatto superato la perdita di un cane amatissimo come Rhoda e ha combattuto come ha potuto per conquistarsi un posto tutto suo nel nostro cuore, e ce l'ha fatta.
È una battagliera, la mia piccola, ma è anche tanto, tanto dolce. Non ho mai visto nessun cane fare le coccole al padrone in questo modo, lei si alza sulle zampe posteriori, ci abbraccia e ci spiaccica sul viso il suo muso centrando sempre la nostra bocca e rimanendo immobile. Richiama la nostra attenzione (come se ce ne fosse bisogno) facendo un abbaio muto, in pratica sbattendo forte i denti... la prima volta che l'abbiamo visto siamo rimasti di sasso, poi abbiamo capito e allora ci siamo sbellicati dalle risate. Noi tutti l'amiamo teneramente, sapendo che è molto diversa da Rhoda, ma forse proprio per questo. Non avremmo potuto sopportare un cane fotocopia. Flora ci sta regalando delle primizie e di giorno in giorno riempie la nostra vita di allegria, di dolcezza, di abbracci, di morsetti, di pizzicotti e di tutto quanto è lei... e per questo la ringrazio tanto. Un bacio grosso e tanti auguri piccola peste... e oggi regalino, torta e festa!

La tua famiglia
Ottobre 26, 2006

Passeggiate in sedia a rotelle
Da quando c'è Vera, mio padre fa la sua quotidiana passeggiata nel parco e ne è felice. Solitamente lo aspetto al rientro e lo aiuto a salire le scale, è molto contento di vedermi, mi chiama con la mano per baciarmi, si dirige verso l'ascensore e poi mi dice: «*Dai vieni su anche tu...*» e io sono costretta a rispondere «*Dopo vengo, papà, tu vai avanti*» e lui sale tranquillo.
Novembre 10, 2006

Amici sinceri
Nelle vicissitudini della vita si riconoscono gli amici sinceri. L'ho provato di persona diverse volte e ora, che sto passando un altro momento difficile, mi ritrovo accanto le persone che con me hanno condiviso da sempre gioie e dolori. Io non ho mai mollato loro e loro non hanno mai mollato me. Queste persone non sono molte, le posso contare sulle dite di una mano, ma mi sono tanto care. Sono preziosissimi doni che non tutti posseggono. Mi ritengo fortunata e voglio abbracciare con tanto affetto Daniela, Enrica, Adele, Silvana e Pinuccia.
Novembre 14, 2006

Ciao zia!
Se n'è andata questa mattina una zia a cui ero affezionata. Le volevo bene non perché avessi con lei un rapporto particolare, ma perché nella sua vita aveva avuto un lutto gravissimo, la perdita di un figlioletto di 6 anni. Ho sempre avuto una sorta di rispetto per questo suo grande dolore e tanta tenerezza nei suoi confronti. Quando ho saputo che ci

aveva lasciato, l'ho pensata indaffarata per la prova del mio abito da sposa, era una sarta bravissima e quello era stato il suo regalo di nozze per me. L'abito è ancora conservato nell'armadio accanto ad un bellissimo cappottino in lana e tessuto che aveva fatto per Giovanna quando aveva 3 anni. Sono certa che ha già riabbracciato il suo piccolo angelo e, anche se mi mancherà, sono tanto contenta per lei.
Novembre 15, 2006

Giornata milanese
Oggi è proprio una tipica giornata milanese, una pioggerellina fine bagna ogni cosa come fosse rugiada. Sto facendo colazione e lo sguardo spazia fuori dalla grande vetrata del soggiorno, mi ritrovo ad immaginare di essere in un parco: tanto verde, colori autunnali, alberi rinvigoriti dall'acqua. In realtà sto guardando solo i giardini retrostanti il condominio e ad un passo dalla loro recinzione, dietro quattro alberelli sparuti, si intravedono le auto nella loro frenetica corsa verso il centro di Milano. Mi piacerebbe essere da qualche altra parte, sento la necessità di ritemprare lo spirito in un contatto stretto con la natura. Ieri sono stata ad un passo dal prendere un altro cane, ho esitato solo perché era una maschio e ho pensato a Flora e al fatto che non vogliamo farla sterilizzare. Questa mattina ne ho parlato con mia figlia ed entrambe pensiamo che un nuovo cane aiuterebbe Flora ad essere meno sola e aiuterebbe anche noi a non essere schiavizzati da lei. Per ora mio marito è meglio che non sappia... poi, se le cose andranno così, sarà il primo a rallegrarsene.
Novembre 17, 2006

La terapeuta è bravissima!

Ho avuto altri due incontri con la docente del Maya Liebl Institute che mi ha in cura e ne ho tratto un immediato beneficio. Sono bastati pochi cenni a ciò che stavo vivendo per consentirle di farmi una quadro della situazione ed indicarmi la via da seguire per sentirmi meglio. Sono emersi conflitti mai risolti dovuti a traumi infantili ai quali purtroppo non ci sarà rimedio, ma li affronteremo in seguito. Dovrò vederla altre volte, ma credo di aver incontrato la persona giusta.

Novembre 18, 2006

Voglia di ritrovarsi

Passano i giorni, i mesi, gli anni. Mario ed io non siamo più i ragazzi che si sono sposati 41 anni or sono, forse non lo siamo più fisicamente, ma il cuore è quello di quei tempi. Quel cuore vorrebbe ritrovare almeno uno di quei momenti spensierati dove quello che contava eravamo solo noi. Oggi ci ritroviamo spesso a dire: «*Andiamocene via per un weekend*», ma poi i mille impegni della mente ci bloccano. Ho sempre pensato che con i figli grandi avremmo potuto gioire anche della nostra mezza età, qualche viaggio ci sarebbe stato proprio bene. Siamo stati travolti dai nostri genitori e dai mille problemi che ci hanno creato e che continuano a crearci. Probabilmente ci ritroveremo vecchi e senza più la voglia di fare alcunché. Sono proprio dispiaciuta di questa situazione, dopo tanto lavoro, tanto amore dato alla famiglia, l'amore per noi due sembra essere svanito.

Novembre 22, 2006

Un'altra volta il ricovero

Ho saputo, in modo del tutto casuale, dal mio avvocato, che è stato deciso di mettere mio padre in una casa di riposo il prossimo lunedì. Il papà sembrava aver trovato un equilibrio con Vera, il problema che aveva ora era l'insonnia e quindi non capisco questa nuova decisione. Non sottovaluto certo la cosa, ma sono sempre fermamente contraria al ricovero perché mio padre non avrà molte possibilità di superarlo, probabilmente avrà un crollo. Sembra che la badante possa rimanere con lui, ma su come affronterà questo cambio completo di ambiente e soprattutto di terapia farmacologica ho grande preoccupazione. L'Alzheimer del papà è ad uno stadio avanzato ma lui interagisce con chi gli è vicino e sente... avverte l'affetto con cui gli si parla o con cui lo si abbraccia e lo ricambia; ieri gli ho detto: «*Ti voglio bene, papà!*». Lui ha risposto: «*Ti ringrazio e ricambio...*». I suoi sentimenti ci sono tutti ed è in grado di dare affetto alle persone che gli sono care, magari prendendole semplicemente per mano, perché togliergli anche questo?

Dicembre 02, 2006

Rabbia e dolore

Mio padre è da questa mattina in una casa di riposo e io ho una grande rabbia. Nel pomeriggio sono andata a trovarlo. L'ingresso della RSA, tutto lustrini e addobbi natalizi, è in netto contrasto con l'arredamento "essenziale" delle camere degli ospiti, almeno quelle che ho visto io. La stanza n. 6 è quella di mio padre: due letti, luce al neon, un disimpegno che porta ai servizi, non una poltroncina o una nota di calore umano, un caldo soffocante. La finestra alta, tipica degli edifici datati, non lascia passare luce a sufficienza, il neon deve restare acceso e questo contribuisce ad aumentare il

senso di claustrofobia che mi ha preso all'improvviso, forse anche per lo stress emotivo. Il volto del papà era smarrito e triste allo stesso tempo, quando mi ha visto si è diretto verso di me allontanando la badante, l'ho abbracciato forte e gli ho chiesto come stava. Ha annuito con il capo, poi è uscito sul corridoio e l'ha percorso tutto attaccandosi al corrimano. Mi è stato detto che lo aveva fatto in continuazione per diverso tempo nel tentativo di fuggire.
Forse cercava di capire dove era capitato, forse cercava il bagno di casa sua o la sala con il suo comodo divano. Ultimamente su quel divano disponeva meticolosamente i cuscini e faceva la stessa cosa con i soprammobili sul tavolino, poi si sedeva davanti alla televisione, magari anche senza capire che cosa vedeva. Qui la televisione non c'è, per averla occorre noleggiarla. Il papà era tesissimo, gli ho proposto di uscire a passeggiare in una sorta di giardino/chiostro, un luogo abbastanza piccolo, con qualche tavolino sparso intorno. Ho proposto alla badante di uscire con la sedia a rotelle e dirigersi verso il parco, per strada ci ha raggiunto Mario con Flora, mio padre gli ha sorriso e in quel tragitto ha ritrovato un poco della sua quotidianità, deve essersi ricordato della sua passeggiata e si è rasserenato. Vedere mio padre, vecchio e molto malato, privato di tutti i suoi riferimenti mi fa tanto, tanto male. Nella vita il papà ne ha passate tante, anche per questo gli voglio tanto bene e lo rispetto moltissimo. È un grande uomo e, nonostante la sua malattia, ha coraggio e dignità da vendere. Chiedo al Signore di farlo smettere di soffrire, di liberare il suo spirito dal suo corpo malato. Pregherò per questo.
Dicembre 04, 2006

Gli occhi di mio padre

Guardo gli occhi azzurri di mio padre e li vedo spenti, tristi e rassegnati. Non c'è più nulla in quegli occhi che racconti dell'uomo che era, della sua vivacità, della sua perseveranza, della sua gioia di vivere. Mio padre è stanco, si sta lasciando andare. Osservo il suo viso scarno e mi si stringe il cuore, mi vengono alla mente tutte le volte che mi ha spronato, mi ha incitato a non mollare, purtroppo io non posso fare altrettanto perché non è più lui a poter decidere che cosa fare e dove stare. Posso solo vederlo morire, piano piano, giorno per giorno, e impazzire di dolore. Mio padre è ricoverato in una casa di riposo da 3 giorni e mi sembra una vita.

La morte in alcuni casi è una liberazione e allora vorrei sussurrare a mio padre che va bene così, va bene che lui si lasci andare, vorrei rassicurarlo dicendogli che esiste un luogo dove il suo spirito tornerà libero e dove non ci saranno mura che non conosce a circondare la sua fragile esistenza, dove il suo corpo tornerà sano e vigoroso e il suo sguardo azzurro e intenso come prima.

In questo luogo prima o poi noi ci ritroveremo e potremo riprendere un colloquio mai finito e le nostre passeggiate nei boschi alla ricerca delle sorgenti, la mia mano di bambina nella sua mano forte e rassicurante. Senza più sofferenza.

Dicembre 07, 2006

Due giorni di stacco

Vado per due giorni in montagna, devo portare nella casa delle vacanze alcune cose che mancano in previsione, forse, di passare lì il Natale. Ora tutto è condizionato da quello che accadrà a mio padre. Non parto serena, ma Mario insiste perché stacchi, l'aria si è fatta irrespirabile. Passerò da mio

padre, ho un appuntamento con il medico e approfitterò per salutarlo. Sarò di nuovo a Milano venerdì. Certo che la voglia di Natale è molto lontana dalla mia mente.
Dicembre 06, 2006

Il papà si sta arrendendo
Vera mi ha informato che ora mio padre accetta di portare il pannolone e dorme in un letto con le sponde, prende molte più medicine di prima e non fa che girovagare lungo i corridoi del ricovero in cerca di un'uscita. Francamente non mi sembrano buone notizie, tutto questo significa che sta perdendo la sua autonomia e non è certo un bene.
Ogni tanto il papà viene messo sulla sedia a rotelle e con quella accede alla sala ristorante. Per impedirgli di alzarsi Vera lo blocca con una cintura. Hanno tentato di fargli fare ginnastica con il risultato di avergli procurato un trauma al ginocchio che ora è gonfio e dolente. Provo tanto dolore e tanta pena per mio padre, appena mi vede mi viene incontro e mi indica con la mano la porta e con un filo di voce dice «*Andiamo?*». Non sa che non posso portarlo a casa, non sa che questa volta non posso fare nulla per lui. Io sono la figlia che lo ha sempre aiutato quando stava male, lui contava su di me, mi diceva con orgoglio: «Tu sei il bastone della mia vecchiaia». Ora posso solo venirlo a trovare, lo faccio anche due volte al giorno, cerco di far finta di niente con lui, ma spesso mi ritrovo il volto pieno di lacrime senza averle cercate.
Giovanna, mia figlia, è tanto cara, anche lei è affezionatissima al nonno e spesso viene con me. Torniamo a casa distrutte, cerchiamo di farci coraggio a vicenda ricordando che mio padre ha sempre avuto coraggio da vendere e ci ha insegnato ad averne in ogni occasione.
Dicembre 07, 2006

Andare avanti nonostante tutto

Il viavai della gente indaffarata per gli acquisti natalizi mi fa desiderare di buttarmi nella mischia nonostante la situazione che sto vivendo, desidero un poco di normalità per me e per i miei cari. Così oggi pomeriggio Giovanna ed io ci siamo infilate in un emporio stupendo e abbiamo deciso di comperarci un piccolo abete e alcune decorazioni tutte nuove per abbellirlo. Solo un gesto di discontinuità con il passato per andare avanti nonostante tutto. L'abete arriva dalla Normandia, un luogo che ho sempre desiderato visitare, e le palline sono color rame lucide e satinate, tra loro inseriremo altre bocce color legno molto originali, una grande collana color arancio e bronzo completerà l'opera. Abbiamo trovato anche un ghirlanda per il caminetto. Domani ci metteremo all'opera, Flora permettendo.

Dicembre 08, 2006

Mio padre non sta bene

Oggi il papà ha febbre alta e molto catarro. Vorrei non essere profeta di sventure, ma era scontato che la vita comunitaria per una persona tanto malata e debilitata avrebbe avuto queste conseguenze. In più questo "albergo a 5 stelle" pare essere veramente solo una facciata e quindi anche i medici "*presenti 24 ore su 24*" sono una mera utopia, in più qui non esiste alcun neurologo. Domani vedrò che posso fare.

Dicembre 12, 2006

Una settimana un po' così

La settimana è finita e ne sta per iniziare una nuova, quella che ci porta a Natale. Sono stati sette giorni intensi: le questioni legali ancora aperte, la salute di mio padre, il

rinnovo della patente di guida e poi la nascita di un nipotino, figlio di una mia nipote, il tutto alternato con i guai di tutti i giorni... il garage con il portellone bloccato, un fornitore che non si fa sentire, la merce che non arriva, i problemi di lavoro e la visita quotidiana a mio padre.
Ieri sera abbiamo partecipato ad una bellissima festa natalizia dell'Associazione Lucchesi, la cornice era l'Hotel Gallia, un pranzo delizioso e buona musica, poi i tradizionali auguri. Mario ed io ci siamo rilassati un po' e abbiamo capito che uscire ci fa bene. L'unica nota negativa è stata l'assenza di mia figlia, sacrificata dalla nostra Flora, che non sta in casa da sola. A questo occorrerà porre rimedio trovando un buon dogsitter. Per la prossima settimana mi serve un pochino di tempo per me, ho qualche regalo da acquistare e poi vorrei preparare un buon menù per il pranzo di Natale. Con tutta probabilità saremo noi tre e abbiamo deciso di viziarci alla grande!
Dicembre 17, 2006

Il dolce suono di un carillon

Giovanna ed io abbiamo comperato un piccolo regalo al papà, abbiamo letto che la musicoterapia dà ottimi risultati con i malati di Alzheimer e allora ci siamo orientate verso qualche cosa di musicale che lo divertisse e magari gli regalasse un pochino di serenità. La scelta è caduta su un carillon, un oggetto grazioso che riproduce un piccolo lago con alcune sagome che vi pattinano sopra e diffonde una musica dolcissima. Il papà l'ha visto e ha subito cercato di girare la chiave per caricarlo ma senza successo, lo abbiamo aiutato a farlo ed è rimasto incantato dal movimento e dalla musica. Spero che Vera lo aiuti a farlo funzionare perché sembra che il dono sia stato gradito.
Dicembre 18, 2006

Forse il papà torna a casa

Ho saputo ieri che il papà ritornerà a casa il primo gennaio 2007 e non a Natale come avevo sperato.

Lui è molto dimagrito, molto più sedato di prima, ormai usa sempre il pannolone e non mi risulta gli siano stati fatti controlli particolari, nemmeno una semplice flebo per reidratarlo.

Il ricovero non gli ha giovato per nulla, anzi direi che è molto peggiorato. L'unica cosa positiva è forse il fatto che in questo mese ha trovato dei ritmi precisi da osservare e una sola persona cui fare riferimento, Vera, e per questi malati è una cosa importante.

Mi auguro che tornando a casa possa essere lasciato tranquillo. Non ho compreso perché fosse previsto il suo rientro a casa in ambulanza, andrò io a prendere mio padre.

Passerà il Natale da solo, vorrei che almeno un viso conosciuto lo riaccompagnasse a casa per donargli un po' di calore umano.

Dicembre 22, 2006

Il mio caminetto

Ho sempre desiderato avere un caminetto e qualche volta, in una delle case di montagna che abbiamo affittato, l'ho anche avuto. Lo scorso anno ho fatto una piccola indagine su alcuni tipi di caminetti innovativi che hanno il pregio di non dover usufruire della canna fumaria, il risultato è stato deludente: prezzi altissimi ed effetto orribile. Il problema in casa mia è infatti quello di non avere a disposizione la canna fumaria. Non mi sono data per vinta e ho comprato una stupenda cornice da camino, poi ho chiamato un artigiano

che mi ha fatto arrivare dalla Sicilia alcuni mattoni fatti a mano e un basamento in pietra lavica, ho poi scovato una porta da camino del 1600, stupenda, e ho fatto assemblare il tutto. L'effetto è fantastico ma in realtà il camino non funziona e non potrà mai funzionare. Una cosa però ho potuto farla con il mio camino: addobbarlo per il Natale. È una meraviglia con il suo festone d'abete, le decorazioni luccicanti e anche la famosa calza di Babbo Natale. Ho scovato poi delle grosse candele da camino e credo che almeno quelle potrò accenderle, lo farò la notte di Natale. Credo proprio che sarà bellissimo.
Dicembre 22, 2006

Una pena indicibile

Mia figlia ed io abbiamo visto il papà rientrare da una lunga passeggiata in sedia a rotelle (forse troppo lunga per la stagione fredda). Il viso stravolto, un berretto in testa calato sugli occhi perché troppo grande, lo sguardo smarrito e solo la voglia di stendersi nel letto.

Vedendolo in quello stato lo abbiamo subito accontentato, lui ci ha stretto forte le mani quasi a ringraziarci, per un attimo abbiamo pensato che ci lasciasse per sempre e forse lo abbiamo anche sperato per la pietà che proviamo per lui, poi lentamente si è ripreso. Tentava di sussurrare qualche parola, ma era esausto. Gli è stato portato un cappuccino con brioche e lui sembrava gradire molto. Poi avrebbe voluto rimettersi a letto, ma la badante lo ha messo in poltrona per evitare che si addormentasse... *«altrimenti non dorme di notte»*... e lui si è lasciato fare. Ora mio padre sembra addomesticato, sta perdendo anche i tratti salienti del suo carattere, sono i farmaci. Non sono certa che non soffra, ha due piaghe sui talloni che non guariscono, i piedi gonfi, difficoltà di movimento... sono certa invece che ci riconosce, vuole baciarci e si lascia abbracciare volentieri. Spesso le sue mani cercano le nostre. Si dice che i malati di Alzheimer non capiscano, sono certa del contrario, penso invece che, per non fare i conti con i loro limiti fisici e psichici, si rinchiudano in un loro mondo dal quale escono solo per le persone che amano; per questi malati un abbraccio, una carezza, un bacio, sono importanti per continuare a vivere. Mio padre è sempre stato un uomo espansivo, attaccato alla vita, la sua tenacia gli ha permesso di superare mille avversità, nonostante quello che ha subito, si è sempre detto un uomo fortunato. Ancora oggi, alla mia domanda: «*Papà, come ti senti?*», la sua risposta è sempre: «*Bene*». Non ho mai sentito un lamento sulle sue condizioni, solo la voglia di farcela, di venirne fuori ancora una volta. Vederlo così e ricordare l'uomo che era è straziante, avrei voluto per lui una vecchiaia serena e consapevole, avrei voluto ancora la sua presenza rassicurante accanto a me. Le cose non sono andate così, da figlia mi sono trasformata in madre, mio padre è come un bambino spaurito e bisognoso di attenzioni, un bambino a cui strappi un sorriso se gli regali una gelatina di frutta o se accenni il solletico quando gli tieni la mano. Quando tutto questo sarà finito, credo che mi mancheranno anche questi nostri momenti, dolci e tristi allo stesso tempo.

Dicembre 23, 2006

Domani sarà Natale

Questa mattina ho letto un articolo di Vittorio Feltri sul Natale, lo stile un poco ironico si è poi dissolto in tanta malinconia e il suo stato d'animo mi ha contagiato. Mi ci sono ritrovata nel suo snobbare un poco le tradizioni ma nel sentirne la necessità per ricordare i tanti Natali vissuti da bambini, o con i figli piccoli, o comunque con una famiglia

allargata, fatta anche di nonni, zii, nipoti. Per molti anni il Natale si è festeggiato in casa nostra, ai miei figli non è mai mancato il calore di una bella famiglia riunita attorno al tavolone fatto "costruire" per le occasioni importanti da mio padre. Lo scorso anno non è andata così, non c'erano le condizioni per festeggiare insieme e noi abbiamo trascorso il Natale da Giorgio a Saronno; avevamo in braccio una tenera cucciolotta di 2 mesi che era entrata da poco a far parte della nostra famiglia dopo la morte di Rhoda. Ricordo con dolcezza la piccola Flora: si era accucciata sui piedi di mia figlia sotto il desco natalizio e non aveva fiatato. Giovanna era arrivata in casa di mio figlio con una valigetta colorata che conteneva la pappa e i pannoloni per evitare che facesse pipì... La giornata andò bene, ce ne tornammo a casa con il nostro fagottino caldo e tirammo un sospiro di sollievo, la festa amata e temuta era trascorsa.
Quest'anno Flora è più grande e noi staremo a casa nostra. Faremo del nostro meglio affinché la giornata sia gradevole. Per questa sera è in programma un piccolo buffet con mio figlio e la sua famiglia, ci scambieremo i regali e domani loro saranno a casa degli altri "nonni". Domani mattina andrò a far visita a mio padre e nel pomeriggio passerò a salutare una mia carissima amica per lo scambio dei doni. Non so se sarà possibile ritrovare in questo Natale la spiritualità di un tempo, vorrei che accadesse perché solo in questo modo potrò "sentire" la festa. Ricordo con tanta emozione una messa di mezzanotte nella nostra parrocchia, mio figlio di appena 8 anni era impegnato a fare il chierichetto per la prima volta. L'avevamo tenuto sveglio a fatica, ma poi era entrato nella parte ed era felicissimo di essere stato scelto dal nostro parroco. Sarebbe bello se almeno a Natale si potesse realizzare un desiderio, chiederei al piccolo bimbo di Betlemme la gioia di rivivere un Natale

antico, con un grande desco imbandito, tutti noi attorno e mio padre che, rivolto a tutta la famiglia, esclama con gioia: «*Ma guarda che bella tavolata!*».
Dicembre 24, 2006

Una bella serata

Passato il Natale con il suo carico di malinconia, ho trascorso ieri una piacevolissima serata con Paolo ed Ebe, due cari amici di Giovanna.
Ho preparato un piatto "*rustico*" che si apprezza molto in Alto Adige, lo stinco di maiale al forno con le patate, preceduto da un po' di antipasto, ma non troppo. La conversazione è stata vivace e piacevole, credo che i miei invitati si siano sentiti in famiglia. Flora è stata bravissima, anche perché uno dei commensali era il suo toelettatore, e lei ha preso una vagonata di coccole.
Verso le 22,30 ha telefonato dagli USA la mia carissima cugina Eleonora per uno scambio di auguri e questo evento ha spostato la conversazione sugli Stati Uniti suscitando entusiasmo e tanti rimpianti, e tra una cosa e l'altra è venuta l'ora di salutarci. L'impegno è stato quello di ritrovarci quanto prima.
Dicembre 27, 2006

Coma

Questo pomeriggio alle 16 circa mio padre è svenuto e non si è più ripreso; è stato trasportato dalla casa di riposo all'Ospedale San Giuseppe in condizioni critiche, nella RSA non erano attrezzati per aiutarlo. Sono salita sull'ambulanza con lui e ho assistito al miracolo dei paramedici che lo hanno rianimato diverse volte durante il tragitto che ci portava a sirene spiegate verso l'ospedale. Dopo vari accertamenti clinici mi è stato detto che probabilmente si

tratta di un fatto cerebrale, in poche parole un ictus, la cui gravità verrà valutata con il passaggio delle ore. Ora il papà è sprofondato in un sonno profondo dal quale forse sarà difficile risvegliarlo.
Nella settimana appena trascorsa aveva avuto un aggravamento delle sue condizioni polmonari, con febbre altissima, e per questo era stato trasportato al Fatebenefratelli dove gli era stato scoperto un focolaio al polmone sinistro. Non credo che la RSA gli abbia garantito cure adeguate, i medici si sono mossi con ritardo, hanno sottovalutato la situazione.
Il trasporto in ospedale è stato molto doloroso per lui, il telo arancione probabilmente gli premeva sulle piaghe da decubito che ha sulla schiena e il suo viso aveva una espressione contratta, di grande sofferenza. Spero che abbia percepito almeno la mia presenza, poi il sonno si è fatto sempre più profondo. L'ho lasciato in ospedale sussurrandogli di lasciarsi andare, spero che lo faccia, gli voglio troppo bene per vederlo soffrire in questo modo.
Dicembre 31, 2006

È iniziato il 2007, nonostante tutto.
È la prima volta che mi capita di passare l'ultimo giorno dell'anno vecchio e il primo di quello nuovo fuori e dentro da un ospedale. Per chi soffre non ci sono feste che tengano, le persone che ho incontrato ieri e oggi in ospedale avevano come me un parente malato o erano esse stesse in cattive condizioni di salute. Ieri sera all'arrivo in ospedale la situazione sembrava disperata, poi il ricovero e l'attesa snervante per vedere il medico del reparto e sapere che le cose non andavano bene per nulla, poi la badante che non poteva fermarsi per la notte e la ricerca affannosa di un infermiere che rimanesse accanto a mio padre e poi, tra

squilli di telefoni e messaggi dei miei figli che volevano sapere del nonno, finalmente a casa. Erano quasi le dieci di sera e Giovanna aveva preparato la cena e un dolce che nessuno ha avuto voglia di assaggiare. La mezzanotte è arrivata e la solita scarica di botti mi è sembrata quanto mai inopportuna, il mio pensiero era un altro, il nostro pensiero era molto lontano dal giorno e dal momento che tutto il mondo festeggiava. Avrei voluto gridare, per favore fate silenzio, mio padre sta male, forse sta lasciando questo mondo... Mario e Giovanna mi hanno proposto timidamente un piccolo brindisi, abbiamo alzato il calice alla nostra salute e al papà affinché accadesse il meglio per lui. Dopo una notte agitata eccomi ancora all'ospedale con mia figlia. Mio padre sembra essersi leggermente ripreso, altri visitatori giungono in reparto, ci si scambia un augurio di buon anno perché la vita, nonostante tutto, continua. Mi vengono in mente i bellissimi capodanni trascorsi con tutta la famiglia, le mie nonne comprese: aspettavamo tutti la benedizione del Papa e poi ascoltavamo il Concerto da Vienna, sul tavolo lenticchie e cotechino la facevano da padroni. Anche oggi la tradizione sarà rispettata grazie a Mario che si è premurato, in mia assenza, di riscaldare le vivande e di rendere un poco più gioioso un giorno come questo. A volte si dà tutto per scontato e quando poi le cose non vanno come dovrebbero allora si apprezza ciò che non possiamo più avere. Quest'anno è andata così, oggi è festa ma non per noi. In queste circostanze voglio ricordare tutta la gente che è negli ospedali e i parenti che soffrono la loro assenza: a tutti loro e a chi si occupa del prossimo condividendo dolore e speranza, buon anno da parte mia e della mia famiglia.
Gennaio 01, 2007

Signore Pietà...
Mio padre nel suo letto d'ospedale, gli occhi chiusi, il respiro affannoso, la tosse e ora anche l'ossigeno, è l'immagine della sofferenza. La sua posizione è statica, le gambe ripiegate sulle ginocchia in modo innaturale, ieri non le ha mai mosse.
Si è lamentato quando gliele abbiamo sollevate per sistemarlo meglio, lo ha fatto forse per le piaghe che ha sulla schiena. Il medico mi ha detto che se rimarrà così, senza riprendersi almeno un po', non potrà essere riportato a casa ma dovrà avere una assistenza specializzata in una struttura per anziani.
La cosa mi spaventa, ma temo anche che mio padre possa soffrire e che a casa non lo si possa più aiutare. Il dottore mi ha confermato che la scelta di mandarlo al ricovero gli è stata fatale, che lui si è lasciato andare e che con questi malati le cose vanno sempre in questo modo. Purtroppo sapevo che tutto questo sarebbe accaduto e non mi rassegno.
Gennaio 04, 2007

Notti e giorni
Il 5 gennaio era il compleanno di Giovanna e nonostante la situazione ci siamo tutti sforzati, lei compresa, di tagliare una fetta di torta e di bere un po' di moscato. La giornata era stata però veramente terribile, verso sera mio padre aveva avuto nuovamente la febbre e l'avevo visto così male che appena uscita dall'ospedale ero entrata in Sant'Ambrogio per chiedere alla Madonna dell'Aiuto che gli desse una mano ad andarsene. Ieri le cose non sono migliorate, la febbre andava e veniva, ma lui era piombato in un torpore che non gli consentiva nemmeno di aprire gli occhi. Vera, sempre ottimista, ieri per la prima volta mi è parsa realista: il papà sta scivolando via e lei lo ha capito. Vado a dormire

con il cellulare vicino al letto nella speranza e nel timore che arrivi una chiamata, questa notte non è accaduto nulla, si sono rincorsi solo i miei brutti pensieri e le mie paure. Inizia un altro giorno.
Gennaio 07, 2007

No, questo no!
A dispetto di tutto e di tutti il papà si è svegliato. La sua situazione è molto penosa perché questa sorta di coma gli ha lasciato le gambe rigide e genuflesse ed è anche ulteriormente peggiorato dal punto di vista cognitivo. Oggi si è parlato di dimissioni e francamente la cosa mi ha sorpreso non poco visto che a mio padre stanno somministrando ancora antibiotici e che ha la schiena e i piedi piagati in modo serio. Ho chiesto spiegazioni e mi è stato detto che dal punto di vista fisico è stato fatto il possibile e che ora tenteranno di mettere il paziente in carrozzella, dopodiché per il fine settimana potrebbe essere dimesso. A questo punto si aprono scenari che mi terrorizzano: la badante sarà in grado di assistere un paziente non autosufficiente e sofferente notte e giorno? Lei dice di sì, ma occorre avere la testa sulle spalle e io so che non è semplice per una sola persona fare tutto questo e che lei potrebbe non reggere, non si può rischiare che mio padre rimanga in balia della situazione. Forse serve anche un'infermiera, o come hanno detto in ospedale, dovremo cercare una struttura che lo accolga. Quest'uomo è uscito di casa un mese fa sulle sue gambe per fare un ricovero di sollievo, ora è l'immagine del dolore e io non mi do pace. Questo strazio sembra non avere mai fine, la sofferenza di mio padre non ha fine. Sono tanto stanca, impaurita e preoccupata per quello che potrà accadergli ancora.
Gennaio 09, 2007

Una situazione da incubo

Il papà viene messo in carrozzella, il dolore che prova nell'essere sollevato dal letto è terribile, le sue gambe sono rigide e quindi deve essere aiutato da almeno due persone. Ieri tremava come una foglia per il male e forse anche per la paura di cadere, gli è stato dato l'ossigeno, poi si è calmato ed è rimasto seduto per circa un'ora. Il suo viso fa trasparire la grande sofferenza che prova, ma nonostante tutto lui non molla, ha sfoderato la tenacia di sempre, quella che gli ha permesso di continuare a vivere in tante situazioni critiche nella sua vita tribolata. Non so che dire: da un lato sono contenta di rivederlo presente a se stesso, dall'altra vorrei che la sua sofferenza finisse. Tra qualche giorno verrà dimesso, questo scenario mi spaventa. La mia paura è che noi non si sia in grado di aiutarlo se lui dovesse peggiorare, se avesse una crisi respiratoria o una flebite, vorrei evitargli tutte le sofferenze possibili.

Gennaio 12, 2007

Tra speranze e delusioni

Il papà doveva essere dimesso martedì scorso, invece come è accaduto quando doveva lasciare il ricovero, lunedì sera aveva febbre alta e dissenteria. I medici dicono che si è trattato di un virus. Forse è vero, ma può anche essere che la psiche di mio padre metta in atto le sue difese per non tornare in una situazione che certamente lo ha fatto soffrire. Questa è la tesi della mia psicologa. Non so che cosa pensare, questo è un vero e proprio calvario. Ieri non sono riuscita ad andare in ospedale, la stanchezza mi ha sopraffatto. Questa mattina invece stavo un po' meglio e ho ripreso la mia peregrinazione quotidiana. Ho trovato mio padre sveglio e con un aspetto migliore del solito. Ho smesso di tormentarmi, affronterò quello che accadrà con le forze che ho, tenendo conto che ho altri affetti che non devo trascurare.

Gennaio 18, 2007

Ritorno a casa

Domenica scorsa il papà è stato riportato a casa. Mia figlia ed io siamo andate a portargli gli abiti e il necessario per uscire dall'ospedale. Vera è salita poi con lui sull'ambulanza. Dopo una giornata di grande agitazione e paura, paura che soffrisse nel trasporto e che si stressasse troppo, lo abbiamo trovato invece pronto e vestito di tutto punto; quando gli ho detto: «*Papà, andiamo a casa*», mi ha stretto forte la mano e mi ha fatto cenno di sì con la testa. L'attesa dell'ambulanza lo innervosisce, a lui non è mai piaciuto aspettare e anche ora non desidera farlo, con la mano mi fa cenno di voler andare.

Il trasporto è andato bene, noi siamo arrivati a casa prima di lui per sistemare sul suo letto il materassino antidecubito e lo abbiamo atteso con ansia, i lettighieri sono stati bravissimi e hanno anche cercato di farlo sorridere.

Quando è stato finalmente nella sua casa e nel suo letto ha respirato profondamente e si è rilassato. Se penso che cinquanta giorni or sono il papà aveva lasciato la sua abitazione camminando sulle sue gambe e ora è ridotto in questo stato non trovo pace. Forse mio padre sarebbe peggiorato anche rimanendo a casa sua, la sua malattia è degenerativa, ma questo purtroppo non lo sapremo mai; è invece un fatto che il ricovero in casa di riposo ne abbia accelerato in modo impressionante il declino. Davanti a questo uomo che inghiotte a fatica, bloccato dalla sua rigidità e completamente afono provo una tenerezza

materna, lui ha bisogno di aiuto per qualsiasi cosa e io farei di tutto per vederlo ancora una volta camminare spedito, sorridere, parlare e chiamarmi dalla finestra, ma devo accontentarmi della sua presenza e sono certa che quando se ne sarà andato mi mancherà tanto.
Gennaio 22, 2007

La cameretta della nonna
Mio padre è stato sistemato nella cameretta che era della sua mamma. Riposa su un letto ortopedico con le sponde, un materassino antidecubito gli allieva il dolore per le piaghe che ha sulla schiena e sui talloni, la televisione gli fa compagnia. La cameretta solo due mesi or sono era il suo studio, lo era diventato dopo la morte della nonna. In quello studio mio padre si rifugiava spesso e ci teneva che tutto fosse in perfetto ordine, sulla parete davanti alla scrivania spiccavano le foto della sua famiglia, i suoi nipoti in primo piano. Ora sembra di entrare in una camera d'ospedale. Per precauzione il medico ha fatto arrivare anche una bombola di ossigeno. Vederlo in quella camera mi evoca tanti ricordi, forse la nonna vuole avvicinarlo a sé o forse lì starà più tranquillo. Non so che cosa augurarmi per lui, sarei contenta se si riprendesse e raggiungesse una qualità di vita accettabile, senza sofferenza. Forse Vera e la sua casa potranno fare il miracolo.
Gennaio 22, 2007

Assistenza domiciliare
L'ospedale ha richiesto per il papà l'assistenza domiciliare urgente, le sue piaghe sono gravi e necessitano di essere curate ogni giorno. Il nostro medico è stato molto efficiente,

ha organizzato tutto molto bene. Ogni giorno per mio padre viene un infermiere e due volte alla settimana una fisioterapista.
Il papà si lascia fare tutto, accoglie con un sorriso l'infermiere, è un pochino più ostile verso la fisioterapista, forse perché gli provoca dolore. Vera sta superando se stessa. Accudisce mio padre in modo egregio, gli prepara frullati energetici, gli friziona le braccia, lo cambia spessissimo per evitare che le piaghe si infettino; arriva perfino a puntare la sveglia di notte per controllare se è asciutto. Di più non potrebbe fare. Il papà le è grato, si vede da come la guarda, da come la chiama. A volte le fa anche qualche carezza. Pur nella precarietà della situazione sono contenta. Per ora sembra che l'assistenza a casa funzioni a meraviglia.
Gennaio 27, 2007

Ottimismo?
Fondamentalmente sono ottimista, penso sempre che prima o poi le cose miglioreranno. Lo penso per il mio privato e anche per il lavoro, ma ultimamente il mio ottimismo viene messo a dura prova. Avverto una certa negatività che si riverbera nei rapporti con i miei figli e con mio marito e anche nel lavoro. Non so perché questo accada, forse siamo tutti troppo provati o forse è solo un periodo di "stanca". Mi vien voglia di stare un poco da sola, vorrei avere il tempo di riflettere. Non mi piace essere spinta dalla vita che va avanti e non poter mai fare il manovratore del treno in corsa. Non ho altro da scrivere. Mi ricordano che è ora di andare a letto, la cosa mi indispettisce, ma forse è vero; finirei per scrivere delle cattiverie.

Gennaio 29, 2007

Voglia di cambiare

Capita di sentirsi a pezzi, capita anche di voler buttare tutto al vento per cambiare, cambiare la propria vita per credere che anche a sessant'anni non sia tutto perduto. La settimana appena trascorsa mi ha messo a dura prova, ovunque guardassi non vedevo vie d'uscita. Mi sono sentita imprigionata, insoddisfatta del mio modo di vivere con una voglia matta di fare qualche cosa che mi permettesse di ritrovare la spensieratezza di un tempo. Ne ho parlato con Mario e ho capito che anche lui è in un momento di crisi, è stanco tanto quanto me e se si pensa ad un viaggio insieme per prenderci una boccata d'aria sono mille i problemi che ci impediscono di farlo. Forse dovremmo essere un poco più egoisti e non metterci sempre in ultima posizione: prima vengono tutti gli altri e poi noi. Così si vive di frustrazioni perché ad entrambi basta davvero poco per essere felici e ritornare a sperare in un futuro più roseo. Dobbiamo cambiare, dobbiamo farlo per noi. È una promessa reciproca.

Febbraio 11, 2007

Un nuovo cane?

Il dubbio è rimasto in piedi per una settimana, accarezzato da me e da mia figlia. Pensavamo che a Floretta sarebbe piaciuta una compagna di giochi e girovagando in rete avevamo trovato una Schnauzer nana di tre anni da adottare. Ci siamo messe subito in contatto con l'allevamento che l'aveva messa in adozione e abbiamo avuto conferma della sua disponibilità. Ci siamo ritrovate così a fantasticare sul nome da darle (il nome imposto dall'allevatore non ci piaceva) e poi... poi siamo state sommerse dai dubbi: le due

cagnette litigheranno? Flora soffrirà? A toglierci ogni dubbio è stato mio marito, che con un secco no ha cancellato tutte le nostre speranze di allargare la famiglia. Difficile dire se la ragione sia dalla sua parte, forse sì o forse no. Per una settimana la piccola Schnauzer ha fatto parte della nostra famiglia, almeno nel nostro immaginario. È stata una bella sensazione.
Febbraio 24, 2007

Senso di angoscia
Quando salgo a trovare mio padre mi prende un senso di angoscia e questo accade tutti i giorni. Ho voglia di vederlo, di abbracciarlo, di accarezzare i suoi capelli bianchi come la neve, ma allo stesso tempo ho timore di non farcela a reggere la situazione. Ultimamente lo trovo sulla sedia a rotelle davanti alla televisione. Guarda lo schermo e non si gira verso di me, mi avvicino e quando incontro il suo sguardo l'espressione si addolcisce e mi prende la mano per attirarmi verso di sé, lo bacio sulla testa e lui vuole baciarmi sulla guancia, un bacio leggero, appena un battito d'ali, ma è contento che io sia lì. Mi indica il divano accanto alla sua poltrona, mi siedo e gli prendo la mano mentre lui fa dondolare le gambe incessantemente, non riesce a star fermo. È molto smagrito e si vede, riesce ancora a bere da solo se gli si passa il bicchiere, ama sempre la coca-cola, prima che lo mettessero al ricovero ne beveva a litri e diceva che era vino della miglior qualità... Guardiamo insieme la televisione, solitamente il suo Milan, in qualche vecchia partita. Sembra seguire le azioni in campo, ma non ne sono certa. Dopo qualche tempo, reclina la testa di lato e si appisola, allora Vera lo mette a letto. Da quando è ritornato dall'ospedale mangia sempre a letto, gli viene alzato il cuscino in modo che possa deglutire. La sua giornata è

questa, le ore passano tra il letto, la sedia a rotelle, l'arrivo degli infermieri che gli fanno le medicazioni alle piaghe che ha sulla schiena, la visita di questa figlia, che si sente morire con lui, ma che, come lui, non molla.
Marzo 14, 2007

Oggi è una splendida giornata
Un sole così tiepido, un cielo così terso ti mettono addosso la voglia di prendere la macchina e di andare... laghi, mare, montagna sembrano aspettare solo te. Senza troppe pretese si potrebbe fare una bella passeggiata nel parco con il cane e forse prima di sera la faremo. Flora è diventata grande e giudiziosa, tocca a noi ora godere della sua compagnia senza paura che fugga, dimostra di essere molto affezionata a tutta la famiglia, non si scolla di un centimetro da noi; è un cane da difesa e quindi per lei è istintivo rimanere con il padrone.
Godiamoci questa passeggiata, domani potrebbe cambiare il tempo. La vita insegna che è meglio non rimandare mai nulla.
Marzo 15, 2007

Si avvicinano i ponti
Avrei una gran voglia di andare... una meta indefinita, ma via dalla città. In realtà vorrei allontanarmi dalla situazione. La malattia di mio padre è lì in agguato e quando meno me lo aspetto il dolore salta fuori ed è dirompente. Ieri mi è arrivata posta dagli USA, i miei parenti americani, persone a cui sono molto affezionata, mi hanno mandato le foto del loro Natale. Li ho visti con tanto piacere ma mi è venuto il magone. Vorrei rivederli tutti, vorrei aver avuto anch'io un Natale così caldo e sereno. Come faccio a non avere rimpianti quando vedo mio padre vegetare e lo ricordo pieno

di vita, sempre pronto a prendere iniziative e a tenere in piedi la baracca? La baracca eravamo noi, la sua famiglia. Non è facile farsi i conti addosso e prendere atto della situazione. Fa proprio male. Vorrei cancellare tutto, salire su un aereo e provare quella sensazione assolutamente liberatoria del decollo e poi non pensare più a niente. Forse non chiedo molto, forse si può anche fare...
Marzo 17, 2007

Il compleanno di mio padre
Ieri il papà ha compiuto 86 anni e per me non è stata un bella giornata. Mentre lo abbracciavo e gli davo le gelatine alla frutta che lui dimostra di mangiare ancora con piacere, pensavo che probabilmente questo avrebbe potuto essere il suo ultimo compleanno. Ormai incapace di camminare passa le sue giornate tra il letto e la sedia a rotelle, guarda lo schermo del televisore per molto tempo, ogni tanto mi indica qualche immagine, quasi a voler commentare. Qualche giorno fa, aveva visto con qualche risatina un vecchio film di Totò e la cosa mi aveva proprio fatto piacere.
Ieri mio padre era accigliato, si è un po' rasserenato alla vista delle gelatine ma me le ha fatte mettere accanto a lui sul tavolino della sala, non le ha volute assaggiare subito come fa di solito. Ora quando lo si accarezza e lo si bacia sulla fronte chiude gli occhi come per assaporare fino in fondo il calore del contatto con una persona che conosce e quasi sempre vuole ricambiarne il bacio. È una persona dolcissima e fragile, molto diversa dal papà che conoscevo, ma è mio padre e io lo amo infinitamente, ora amo anche questa sua fragilità.
Spesso gli sussurro «*Ti voglio bene, papà*», e lui risponde con un filo di voce «*Anch'io, ti ringrazio*». Ero seduta

accanto a lui sul divano e ho visto che si protendeva verso di me, mi sono avvicinata e lui mi ha preso il mento, un gesto che ha sempre fatto, una tenerezza, un buffetto che ricordo fin da quando ero bambina e che mi ha riempito il cuore di gioia e me lo ha fatto sentire ancora padre.
Mi dico sempre che questa malattia è terribile e lo è certamente, ma a volte penso che la tenerezza infinita che provo verso mio padre malato e indifeso, forse non l'avrei provata se lui fosse rimasto l'uomo forte e vigoroso che era. Cerco di vivere tutte le emozioni che questa situazione orribile mi costringe ad avere; le emozioni, brutte o belle che siano, meritano di essere vissute fino in fondo e rinchiuse nella memoria.
Aprile 06, 2007

I riti pasquali

Ieri sera ho assistito alla Via Crucis con Benedetto XVI, una emozione forte, sia per i contenuti che per l'ambientazione. Questo rito così austero e carico di significato è stato dedicato alle donne, alle sofferenze delle donne, credo sia stata la prima volta in duemila anni di storia della Chiesa. Mi sono sentita turbata ma anche compresa e un poco rassicurata dalle parole del Santo Padre: "*Gesù ha un cuore di carne e soffre con noi*". Per molti e anche per me riuscire a percepire una condivisione sarebbe molto importante. Ma a stare bene attenti, a lasciare un attimo da parte i soliti pensieri, questa presenza di condivisione si avverte ed è una presenza consolatrice.
Aprile 07, 2007

Benedetto quotidiano

Oggi mi sento in vena di fare filosofia... ripenso agli ultimi due anni della mia vita e non mi ci ritrovo. Sto attraversando con la mia famiglia un periodo non precisamente esaltante, abbiamo perso entusiasmo, sembra che tutto sia diventato un peso, anche andare in vacanza sembra esserlo. Ci siamo rintanati nel quotidiano, nel rassicurante ripetersi di gesti e abitudini: il cappuccino al mattino, il lavoro, il cane da portare fuori, e poi il pranzo, ancora il lavoro, la casa da rassettare velocemente, ancora il cane, la cena, ancora il cane e la televisione, poi finalmente la giornata finisce. Mentre sto scrivendo queste parole e constato che la realtà della mia vita è proprio quella che sto descrivendo, provo anche vergogna, penso che basterebbe pochissimo per riuscire ad uscire dal guscio e ritrovarmi quella che ero, magari una telefonata per fare del volontariato o il ritorno all'impegno politico. Mi viene in mente l'entusiasmo che ha sempre avuto mio padre nell'affrontare la vita e il sorriso, sì il sorriso, felice della mia cagnolona che non c'è più, e allora credo che mi dovrò rimboccare le maniche e scrollarmi di dosso tutto questo torpore, se ce la faccio io poi trascino anche gli altri.

Aprile 19, 2007

Il lungo addio...

Mio padre sta svanendo piano piano, passa ormai poco tempo sulla sedia a rotelle perché si sente stanco e desidera andare a letto. A dispetto di tutto però mangia i suoi frullati sostanziosi e le piaghe che aveva sulla schiena e sui talloni stanno guarendo. Lo vedo tutti i giorni, il tempo di stringerlo al cuore, di fargli una carezza, di dire due parole con la badante e poi scappo, il più delle volte scoppio a piangere in ascensore. Mi riesce difficile far finta di nulla.

Mi auguro che se ne vada senza accorgersene, che il Signore, nella sua grande misericordia, gli conceda di passare oltre senza soffrire ancora.
Maggio 01, 2007

Vera

Sono tanto affezionata a Vera, la meravigliosa badante di mio padre. È una ragazza dolcissima, ha lasciato in Ucraina i suoi tre bambini e tutta la sua famiglia, ma nonostante il velo di tristezza che ogni tanto vedo passare sui suoi occhi scuri, è sempre allegra e disponibile. Accudisce mio padre in modo mirabile e soprattutto con grande affetto. È premurosa, Vera, e il papà l'ha capito: così la mattina quando lo alza dal letto dopo avergli fatto una bella toeletta, lui collabora attivamente, si aggrappa al suo collo e lei lo porta nella posizione seduta. Questo momento deve piacere molto a mio padre perché quando è seduto sul letto, i suoi occhi si illuminano e il suo viso si rasserena, è come se si compiacesse di avercela fatta ancora una volta, poi guarda la ragazza e la ringrazia. Quando Vera gli infila la camicia lui tenta di allacciarsi i bottoni e finalmente raggiunge la sua sedia a rotelle. Il papà è sempre stato una persona gentile e generosa e lo è anche con Vera, ieri le ha detto: «*Che piacere averti qui*» e le ha fatto un buffetto sulla guancia.
Maggio 11, 2007

Emergenza

Verso le 17 di questo pomeriggio sono stata raggiunta da una telefonata sul cellulare. Vera era molto spaventata e mi chiedeva di rientrare al più presto. Sono arrivata in una decina di minuti e fortunatamente l'emergenza sembrava essere rientrata, mio padre aveva superato a stento un calo di pressione, la ragazza l'aveva visto alzare gli occhi al cielo,

impallidire e lasciar cadere le braccia inerti dai braccioli della sedia a rotelle. Prontamente è stato messo a letto e il pallore ha cominciato a lasciare il posto al suo solito colorito, la pressione da 80/60 era risalita a 110/80, ma il papà non riesce più a spiegarsi e non siamo riusciti a capire che cosa possa essersi sentito. Domani mattina verrà il medico e vedremo se il cuore è a posto. Da qualche giorno lo sguardo di mio padre è cambiato, guarda fisso senza vedere e i suoi occhi non sono più di quel bell'azzurro intenso, si sono schiariti e sembrano inespressivi. Ho parlato di questo con un cugino di mio padre, una cara persona che mi è rimasta accanto in tutti questi anni pur abitando in un'altra città, e lui mi ha detto che anche la sua mamma, poco prima di andarsene, aveva lo stesso sguardo, e ha aggiunto: «*Perché loro ormai guardano verso il cielo*».
Io spero che sia davvero così e che Gesù ricordandosi di questo uomo che ha tanto vissuto e tanto sofferto, decida di liberarlo da tutte le sue pene.
Maggio 13, 2007

Compleanno
Ieri Mario ha compiuto 65 anni. Gli abbiamo fatto una bella festicciola, tutti presenti all'appello: moglie, figli, nuora e nipote. La badante di mio padre, una ragazza con doti umane non comuni, ha voluto preparare con le sue mani una torta fantastica a forma di libro, un vero capolavoro. La torta è stata apprezzata da tutti, i pasticcini anche e il moscato dolce pure, ma la cosa più bella è stata la nostra famiglia unita e unica in momenti non semplici come quello che stiamo vivendo. Mio marito si merita tutto il nostro affetto, è una persona riservata e schiva, a volte anche troppo; sono certa che vuole a tutti noi un gran bene. Dimenticavo: la nostra cuccioletta, che invece riservata e schiva non lo è mai

stata, ha tentato tutta la sera di attirare l'attenzione su di sé con abbai, salti, furtarelli di cibo... ma l'abbiamo perdonata!
Maggio 27, 2007

Un pugno nello stomaco

Vera ha sviluppato tutte le foto che aveva sulla sua macchina fotografica digitale, tra le tante anche quelle scattate nel ricovero dove mio padre è stato per un mese, un mese che ha lasciato il segno. Vedendo le foto ho avuto una stretta al cuore: il viso del mio papà era più eloquente di qualsiasi parola, la sua espressione triste e sofferente.
Povero papà, sono certa che in quel luogo ha sofferto moltissimo. Tra le foto che ho visto, una in particolare mi ha fatto male: il pranzo di Natale e lui seduto al tavolo con Vera, triste lei, irriconoscibile lui. Forse quello è stato il suo ultimo Natale e non era a casa sua, non c'era *"la bella tavolata"* che amava tanto, ma un misero tavolino e solo due commensali. Quanta tristezza e quanto dolore per non aver scelto di stare con lui, avrei potuto chiederlo e non l'ho fatto. Perdonami, papà.
Giugno 01, 2007

Attaccamento alla vita

Oggi è una bella giornata, il clima è mite, non troppo caldo ancora, sono le 11. Di ritorno dal mio giro con il cane, trovo mio padre in sedia a rotelle che sta facendo la sua prima passeggiata dopo 6 mesi di ricovero-ospedale-casa. Ne sono felicissima. Vedendomi mi ha sorriso, segno che è davvero molto felice. Il papà ama tanto la natura e l'aria aperta e per fortuna noi abitiamo in un quartiere pieno di verde e vicinissimi ad un parco. In quel parco io e lui e il mio primo cane abbiamo fatto tante passeggiate, erano solo 2 anni fa e mi sembra che sia passata una vita intera. Insieme

scoprivamo il risveglio della natura, le prime margherite e i quadrifogli, lui ne trovava sempre tantissimi e me li regalava, poi in autunno ammiravamo stupiti, come due bambini, i meravigliosi colori delle foglie. Lui tirava qualche sasso per far correre il cane e si divertiva tanto. È un'anima semplice, il mio papà. Oggi, pur ridotto l'ombra di se stesso, aveva lo sguardo vivo, pronto a cogliere ancora una volta quello che la natura vorrà regalargli. L'attaccamento di mio padre alla vita mi è di insegnamento e spero lo sia anche per i miei figli, fino all'ultimo istante.
Giugno 14, 2007

Il lato positivo del dolore

Gioia e dolore si alternano nell'altalena della vita. A volte i periodi bui sono così lunghi da non riuscire a vederne la fine, altre volte invece siamo così presi dal nostro quotidiano da non riconoscere le gioie che, nonostante tutto, abbiamo sempre a portata di mano. Il dolore spesso ci sovrasta, ci annienta. Se riuscissimo ad intravedere una luce e ci lasciassimo guidare dai sentimenti, se ci facessimo più attenti ai segnali che ci giungono e li sapessimo interpretare con il cuore, certo soffriremmo meno e diventeremmo migliori. Saper trovare del buono anche nelle cose più tristi che ci accadono è un dono che solo le persone che hanno fede posseggono e io credo di possedere quel dono.
La malattia di mio padre ha portato con sé tanto dolore, un dolore così forte da spezzarmi il cuore. Parte di questo dolore era legato al fatto di aver perso il mio papà, o meglio di aver perduto la persona forte e determinata che ero abituata a conoscere e che mi dava sicurezza. È vero, quella persona non esiste più e il suo ricordo è struggente. In realtà

però mio padre è qui, è ancora accanto a me, è solo tanto cambiato. Ora è lui ad essere fragile e bisognoso di aiuto e i miei sentimenti verso di lui sono diversi, prima ero solo una figlia, ora sono una figlia e una madre. Non mi aspetto nulla da lui, se non un sorriso, non posso discutere con lui e raccontargli della mia vita e di quella della mia famiglia, ma posso spiegargli con dolcezza quello che lui stenta a capire. Insomma il nostro rapporto è cambiato, ma non si è interrotto. Ho capito che mi è stato concesso di poter ricambiare quanto mio padre ha fatto per me, per i miei figli, per mio marito, e di poterlo fare ora, con tenerezza, con affetto e con il rispetto che si deve ad una persona molto malata, ma viva.
Io e lui abbiamo imparato a comunicare senza parole, quando mi vede i suoi occhi sorridono e basta un suo sguardo perché io capisca se è contento, se sta bene.
È stato tanto difficile accettare di non ritrovarlo più come ero abituata a vederlo, ma ora la persona che ho davanti è così dolce, tenera, preziosa e pura che mi induce alla meraviglia e la sua voglia di vivere, nonostante tutto, mi fa ringraziare il Signore per avermi dato, in tanto dolore, anche la gioia di conoscere un papà che non sapevo esistesse.
Giugno 24, 2007

In sintonia con la natura
Mio padre è uscito ancora di casa per una passeggiata. È ridotto molto male, ma pur rigido nei movimenti e contratto nell'espressione, pur inchiodato su una sedia a rotelle, ha dimostrato di apprezzare, e molto, il fatto di trovarsi nel parco, tra il verde che lui ha sempre amato. Indicava con la mano gli alberi, i bambini che giocavano e altre persone che cercavano un po' di fresco sedute sulle panchine. Lui che non comunica quasi più con noi era in perfetta sintonia con

la natura, con il venticello che lo accarezzava, con gli uccellini che cinguettavano allegri alla ricerca di qualche briciola. Forse il suo animo si à sentito leggero e il suo cuore ha sentito di essere ancora parte di un mondo che è diventato inaccessibile al suo corpo. Forse si è sentito libero almeno per un attimo e in quell'attimo è stato felice.
Giugno 26, 2007

Vacanza al mare
Siamo a Bibione Pineda, abbiamo prenotato per due settimane di vacanza in luglio per non lasciare mio padre a casa da solo. Domenica prossima ci raggiungerà Giorgio con la famiglia e trascorreremo insieme una settimana. Siamo alloggiati in una casetta con giardino, ma il caldo è soffocante e la casa troppo piccola. Andare alla spiaggia è impossibile, ci limitiamo a fare delle passeggiate lungo il mare la mattina presto e la sera tardi, durante il giorno solo piccole uscite, poi in casa con l'aria condizionata a manetta. Credo che anche quest'anno la fortuna non ci assista. La verità è che in qualsiasi posto si vada i pensieri ci seguono, dalla realtà purtroppo non si scappa, ormai lo so fin troppo bene.
Luglio 16, 2007

Uno strano sogno
Questa mattina mi sono alzata con una sensazione di angoscia, ho sognato che una persona di famiglia mi diceva con asprezza: «*Guarda che è morta la Rhoda ed è morto anche tuo padre*»; io protestavo, chiedendole perché non me lo avesse detto prima, poi il risveglio con il cuore in gola. Ho ripensato al sogno tutto il giorno e l'ho raccontato a mia figlia. Non sono tranquilla.
Luglio 22, 2007

Ciao Papà

Caro Papà, ieri mattina mi hai lasciato. Un distacco annunciato ma non per questo meno doloroso. Il rientro precipitoso dalle ferie nella speranza di rivederti ancora una volta in vita e poi il colloquio telefonico con la dottoressa del Pronto Soccorso dell'Ospedale Sacco che mi annunciava la tua morte... «*era gravissimo, ha avuto una crisi respiratoria, mi dispiace... noi lo trasferiremmo nella camera mortuaria, va bene?*». E poi la sensazione di non avere la forza di decidere più niente e il dispiacere di non aver potuto stringere la tua mano ancora una volta. Te ne sei andato così, papà, dopo anni di sofferenza e una vita vissuta fino in fondo da persona straordinaria. Ti avevo lasciato solo sette giorni fa, un saluto veloce per non allarmarti, il tuo sguardo vivace di un azzurro intenso e un sorriso abbozzato, il mio bacio e la sensazione che non ti avrei più rivisto vivo. Al mio rientro ti ho trovato in un luogo terribile che si chiama Funeral Home e ho capito che quel corpo immobile non aveva più niente di te, il tuo spirito se ne era già andato lontano dalla malattia e dal dolore, ma non lontano da me. Grazie di tutto, papà, ti voglio tanto, tanto bene.

Luglio 24, 2007

Tributo a mio padre

"Il mio papà non c'è più... vi prego fermatevi un attimo, voglio parlarvi di un uomo che se ne è andato per sempre e che con questo suo ultimo viaggio mi ha spezzato il cuore. Quest'uomo è mio padre. Vorrei gridare al mondo il mio dolore e invece la sua morte non troverà spazio sui giornali, avrà certo qualche necrologio, ma nessuno gli darà il risalto

che merita e pensare che di uomini come lui, oggi, ce ne sono davvero pochi.
Certo, due righe non basteranno a raccontare che persona era, ma chi lo ha conosciuto sa che è stato un grande uomo; per me e per i miei figli e per il nipotino è stato anche un grande papà e un grande nonno. Ci ha insegnato a guardare in faccia la vita senza paura, a lottare per affermare i propri ideali, ci ha insegnato anche la lealtà, la sincerità, la tenacia e ci ha trasmesso la sua fede profonda.
La sua non è stata una vita facile, ma certamente è stata una vita intensa.
La deportazione a Mauthausen, gli incarichi dirigenziali e i vari riconoscimenti pubblici hanno fatto parte del suo bagaglio umano.
Negli ultimi anni il morbo di Alzheimer gli ha tolto tutti i suoi ricordi ma lui ha combattuto con una incredibile forza di volontà, senza lamentarsene mai, fino alla fine.
Vederlo perdersi ogni giorno è stato davvero terribile per tutti noi e lo è stato anche il non poter più condividere con lui i nostri pensieri e farlo partecipe dalla nostra vita.
Ora che il suo spirito è libero, possiamo riprendere una comunicazione interrotta e questo ci dà un grande conforto.
"*Caro papà, caro nonno, ci mancherai tanto. Sappiamo però che dove sei ora stai finalmente bene e che in realtà ci hai lasciato solo per un attimo, perché tu ci sarai sempre accanto fino a che ci ritroveremo*".
Tua figlia con il marito, i figli e il nipotino.
Luglio 25, 2007
Tributo a Mio Padre pubblicato sui miei siti web e letto in parte alle sue esequie nel Santuario di Lampugnano dal nostro Parroco.

Una realtà difficile da accettare

Ho sulla scrivania una foto del mio papà, mi guarda sorridendo e mi viene spontaneo rivolgergli la parola, ma il mio saluto rimane senza risposta. Guardo l'orologio per vedere se è arrivata l'ora di andarlo a trovare di sopra, perché è stata questa la consuetudine che ha scandito tutti i giorni di questi suoi ultimi sette mesi di vita, ma ricordo improvvisamente che non ci sarà più quella visita, non ci saranno più i suoi occhi azzurri ad accogliermi e nemmeno il suo stentato "*Ciao*". Qui, in questo mondo, di lui non ci sarà più nulla se non il ricordo bellissimo delle persone che lo hanno amato e che ricordandolo e parlando di lui lo rendono vivo. Mi dico che il mio papà sta bene e ne sono convinta, ma ugualmente mi manca tanto. In questi ultimi tempi mi sono spesso raccontata le favole che volevo sentire: «*Oggi mi sembra che stia meglio... lo trovo più vispo... forse si è stabilizzato...*». Probabilmente però se avessi chiesto al mio papà se la sua condizione di vita era accettabile, mi avrebbe risposto di no, anzi certamente mi avrebbe risposto di no. Lui il calice l'ha bevuto fino in fondo, ha anche lottato per non andarsene, perché lui era un lottatore di natura, ma deve essergli costato tanto, troppo. Si merita di stare bene, di ritornare ad essere la persona che era e non è importante se ora sono io a soffrire, va bene così. Un bacio, papà!
Luglio 27, 2007

Il papà è tornato a casa

Questa mattina Giovanna ed io siamo andate a prendere le ceneri del papà al cimitero di Lambrate. Eravamo entrambe molto commosse. Mia figlia ha preso l'urna tra le braccia con fierezza e con un senso di protezione, poi, una volta in auto, l'ho tenuta io in grembo, fino a casa. Sono sempre stata io a riportare il papà a casa ogni volta che tornava da qualche ricovero ospedaliero, l'ho fatto anche oggi, ma questa è stata l'ultima volta. Ora mio padre è qui in casa mia.

Sono felicissima di averlo accanto, è nello studio, una stanza dove io passo la maggior parte della giornata a lavorare e dove credo si troverà benissimo.

Agosto 03, 2007

Giorgio compie gli anni

Mio figlio festeggia oggi il suo compleanno, ho organizzato per lui un pranzetto al quale ho invitato anche Vera. Questa sera, dopo aver festeggiato Giorgio, faremo un brindisi anche per il papà e gli diremo quanto ci manca e quanto gli vogliamo bene

Agosto 07, 2007

Mancanze e presenze

Sono a casa. Questo agosto si rivela più clemente di quello che i soliti catastrofisti prospettavano, il clima è decisamente accettabile anche in città e quindi non rimpiango la vacanza bruscamente interrotta. Potremmo andare in montagna, ma francamente il pensiero di rimettermi in ballo con le valigie e tutto il resto mi fa desistere. Vorrei rannicchiarmi in un angolo a crogiolarmi nel mio dolore, vorrei stare tranquilla con i miei pensieri e le mie sensazioni. Il fatto che mio padre non ci sia più mi disorienta. Mi sveglio la mattina con la convinzione di dover salire a trovarlo, e poi realizzo che è tutto finito, guardo una sua foto e mi ritrovo gli occhi pieni di lacrime... lo so che è normale, lo so che è un grande dolore, so tante cose... ma quando ci sei in mezzo il saperlo non basta a

rincuorarti. Ho trovato alcune sue relazioni, alcuni foglietti scritti di suo pugno con risposte precise a domande che gli avevo posto, insomma sto ricevendo segnali da lui e questo mi rende felice. Io gli parlo, lo faccio come se fosse qui, la sua risposta la sento con il cuore. Il papà mi manca tanto ma a volte lo sento così vicino che mi sembra di scorgere il suo viso, finalmente sorridente, accanto al musone della mia Rhoda. Allora sussurro: «*Me l'avete combinata bella voi due, mi avete lasciato qui a penare e ve la state spassando!*». Sono entrambi felici e entrambi mi sono vicini.
Agosto 13, 2007

Ricordo
Questa mattina alle 8 è stata celebrata una Santa Messa in suffragio di mio padre. La Chiesa di Santa Maria Nascente era gremita, il Gruppo Anziani dell'Alfa Romeo era presente con la sua gloriosa bandiera che il nostro parroco ha consentito di lasciare accanto all'altare, ricordando che il papà era Maestro del Lavoro. Molte persone che il 25 luglio scorso non avevano potuto partecipare ai funerali di mio padre, questa mattina erano in chiesa accanto a me, mia figlia e Vera. Li ringrazio tutti di cuore.
Agosto 24, 2007

Scoprirsi uguali
Dal Vangelo secondo Luca 12,35-38.
Siate pronti, con la cintura ai fianchi e le lucerne accese; siate simili a coloro che aspettano il padrone quando torna dalle nozze, per aprirgli subito, appena arriva e bussa...

... E mio padre era pronto il 23 luglio scorso, erano almeno otto mesi che era pronto e aspettava la chiamata, quella mattina torrida era solo in un pronto soccorso di ospedale e non riusciva più a respirare. Ora sono io che non riesco più a respirare senza di lui, quando lo penso sento una fitta al cuore, la sua è una mancanza che mi fa male fisicamente. In questi tre mesi mi sono scoperta simile a lui come non mai, ho ricordato tante piccole cose, atteggiamenti e modi di fare e di pensare, che erano suoi e che ho capito essere anche miei. Ho ricordato una frase che mi ripeteva spesso e che ora per me ha un grande valore: «*... io e te siamo uguali*», sapevo in cuor mio che era così, ma non mi ero mai soffermata a rifletterci. Ora invece il fatto di essere come lui mi rende tanto orgogliosa. Era un grand'uomo mio padre, era un papà amorevole e premuroso, sempre presente quando avevamo bisogno, affettuoso con i miei figli ma anche giustamente severo. Quando ero bambina bastava un suo sguardo per intimorirmi, negli ultimi tempi lui non riusciva a parlare e mi bastava uno sguardo per entrare in sintonia con lui. Non so cosa darei per riabbracciarlo fisicamente, per sentirmi chiamare dalla finestra, per vederlo entrare in casa mia come una valanga... so che non è possibile, ma so anche che la morte non è niente, che lui è solo in una stanza accanto e che io devo sforzarmi di non essere triste, so che lo incontrerò dietro un angolo di una qualsiasi strada, ma soprattutto sono certa che ora lui sta bene. *Ottobre 23, 2007*

Rileggendo i miei post...

Mi sono messa a rileggere i post del mio blog, l'ho fatto perché mi risulta difficile credere che tutto quanto è accaduto sia accaduto veramente. Gli scritti hanno tenuto buona nota dello scorrere della mia vita dal giugno 2003 ad oggi e testimoniano fatti, comportamenti e dolore, tanto dolore. Una cosa è certa, da quel lontano 2003 io sono molto cambiata. In questi quattro anni mi sono spesso lasciata travolgere dalla sofferenza perché mi sono mancate le forze per contrastarla. Mi sono scoperta meno sicura e molto più vulnerabile di quanto credevo di essere, le prove che ho dovuto affrontare hanno lasciato il segno. Ho perso il mio cane prima e il mio papà poi. So che le "anime belle" si scandalizzeranno, ma entrambe queste perdite per me sono da catalogare nei dolori con la D maiuscola perché il dolore non si può misurare. Sono diventata una persona migliore? Non lo so. Credo di essere molto più sensibile verso la sofferenza degli altri, ma sono anche piena di rancore e non riesco a dimenticare. Che cosa devo fare? Me lo chiedo spesso ma non trovo risposta. Vorrei essere più serena, vorrei rifugiarmi nel ricordo di mio padre, vorrei riuscire finalmente a pensare alla mia famiglia e trovare un po' di pace per riuscire a guardare oltre, ma per ora non ci riesco. Mio marito ed io ne abbiamo passate tante, ci siamo arrabattati in mille difficoltà, ma ci siamo sempre voluti tanto bene. Siamo orgogliosi dei nostri due figli e di nostra nuora, sono bravi ragazzi, stanno costruendo il loro futuro non facendoci mai mancare il loro affetto e la loro presenza. Abbiamo anche la gioia di avere un nipotino di nove anni che è la nostra gioia.

Quando ci siamo sposati eravamo giovanissimi, la vita non è mai stata semplice per noi, ma forse è stata tanto bella proprio per questo. Non cambierei nulla di quello che abbiamo costruito insieme.

Ho solo un rimorso nei confronti di mio marito, quello di avergli involontariamente fatto "subire" questi ultimi 4 anni di inferno. Lui ha accettato tutto, ha cercato di aiutarmi

senza mai dire nulla, poi ha capito che la corda era stata tirata troppo, che io stavo per essere stritolata e allora è intervenuto e mi ha consigliato di prendere le distanze da una situazione ormai ingestibile. Ora è a lui che devo dare tutte le mie attenzioni ed è lui che devo ringraziare se possiamo riprendere insieme il nostro cammino.
Devo tanta gratitudine anche a mia figlia Giovanna, una ragazza dolce e determinata che, abitando con noi, ha vissuto in prima persona tutto il dramma della malattia del nonno che amava moltissimo; purtroppo, per essermi di conforto, ha dovuto spesso aggiungere il mio dolore al suo, sopportando un carico emotivo troppo grande per la sua età.
Ottobre 25, 2007

Weekend a Bosco
Venerdì pomeriggio siamo arrivati a Bosco. Siamo fuggiti dalle angosce che per troppo tempo hanno condizionato le nostre vite. Mio figlio mi ha telefonato venerdì mattina, ha sentito che ero in crisi e ci ha invitato a raggiungerlo nella villetta sull'Appennino Emiliano... «*Venite che vi distraete un po'*», e noi, che negli ultimi anni siamo sempre stato così indecisi, sempre "*appesi*" ai bisogni degli altri, abbiamo buttato quattro cose in valigia, preso la pappa per Flora e siamo partiti. Sembrerà strano, ma quel piccolo paese abitato da gente genuina e con un sapore antico, che in passato non ero riuscita ad apprezzare fino in fondo, mi è apparso come una vera e propria oasi di serenità. Durante il viaggio pensavo che era la prima volta dopo tanti anni che mi spostavo da Milano senza avere la preoccupazione per chi lasciavo a casa. All'avvicinarsi della meta il cuore si faceva più leggero. Mio figlio, preoccupato per il nostro tardare, ci ha telefonato diverse volte, ma in realtà, salivamo piano per goderci il meraviglioso panorama. Ci attendeva

con la moglie e il nostro nipotino nel patio della villetta, un tiepido sole scaldava ancora l'aria e la loro vicinanza scaldava i nostri cuori. Flora ha preso subito possesso del giardino rincorrendo allegramente la sua pallina, noi ci siamo seduti e abbiamo chiacchierato serenamente senza perderla d'occhio. La cena a base di salsicce, affettati misti e una buona insalatona di pomodori ci ha messo allegria. Queste cose semplici, che per molti sono la normalità, per noi sono state un regalo grandissimo. Sabato siamo andati in gita a Lagdei e abbiamo pranzato in una baita ben attrezzata, le specialità del luogo l'hanno fatta da padrone: la punta di vitello con le patate, la polenta con il gorgonzola e le acciughe e i testaroli al pesto hanno allietato la nostra tavola. Flora è stata bravissima, si è accucciata sotto il tavolo e non si è sentita per tutta la durata del pranzo. Passando in mezzo a tanto verde, a boschi di pini e castagni, ho pensato al mio papà, lui amava la natura e mi ha insegnato ad amarla fin da bambina, me lo sono sentito vicino come quando insieme cercavamo i ciclamini e le felci nei boschi della Val d'Intelvi e poi intrecciavamo le liane per farne bellissimi cestini da portare in città alla fine dell'estate e li mettevamo tra i sassi del torrente per farli rimanere umidi. In questi due giorni il mio papà è stato con noi e sono certa che era felice come un bambino.

Ottobre 28, 2007

Nota dell'autrice

Alcuni brani di questo diario che vedevano il coinvolgimento di persone terze sono stati opportunamente modificati pur mantenendone intatti i contenuti, in ottemperanza alla legge 675 del 31 dicembre 1996 e successivi aggiornamenti, relativa alla tutela della privacy.

Per le famiglie dei malati di Alzheimer

Scopo di questo libro è quello di sensibilizzare le famiglie dei malati di Alzheimer sulla necessità di accudire i loro cari nella propria casa, circondati dalle loro cose e dall'affetto della famiglia. Questo importante risultato può essere raggiunto con un'adeguata informazione sulla malattia, con un qualificato aiuto domestico, con un supporto psicologico e con tanto amore.

In memoria di mio padre, ho dato vita insieme con i miei figli e mio marito all'Associazione Il Ciclamino Onlus, che si prefigge di creare le condizioni affinché la permanenza dell'anziano nella sua casa possa diventare una realtà.
Prima di decidere di ricoverare un "vecchio" della vostra famiglia in una struttura rispondete a questa domanda:

"Non vorrebbe ognuno di noi invecchiare con l'amore di chi lo cura nella sicurezza della propria casa?"
Goffredo De Banfield[1]

e se amate quel “vecchio”, decidete di conseguenza.

I proventi della vendita di questo libro saranno devoluti all’Associazione Il Ciclamino Onlus per un aiuto concreto al raggiungimento degli obiettivi che si prefigge.

QUADRI DI VITA CON MIO PADRE

"Le uniche cose che mi aiutarono a sopravvivere nei campi di sterminio furono la fede e l'amore per la mia famiglia".
Ferdinando Valletti
da "Vi racconto la mia deportazione"(6)

Rhoda, Giovanna, mio padre ed io – Luglio 1998 Valdaora

La famiglia era tutto per mio padre, non ne aveva mai avuta una e di questo aveva sempre sofferto. Venne al mondo a Verona nel 1921, la sua mamma non era sposata e si ritrovò

a doverlo crescere da sola: aveva dato scandalo ed era stata cacciata di casa. Allora accadeva. Il piccolo Ferdinando, questo era il suo nome, venne messo a balia e iniziò ad andare a scuola in un collegio per non abbienti. Si diplomò all'Istituto Galielo Ferraris di Verona nel 1938.
Divenne Maestro d'Arte e raggiunse Milano per essere assunto all'Alfa Romeo, la sua mamma lo seguì. Presero casa in Via Mola e vi restarono fino a che i bombardamenti divisero la palazzina in due. La sua passione per il calcio lo aveva condotto fino al Milan, in prima squadra giocò solo per due stagioni e partite amichevoli, me di questo era molto felice. I suoi ideali e la sua intraprendenza lo portarono a prendere parte agli scioperi del 1943; aveva 22 anni, si era appena sposato e in seguito a quegli scioperi e al tradimento di alcuni "amici" sarebbe stato internato nel campo di sterminio di Mauthausen, prima, e di Gusen, poi, come deportato politico.

La deportazione[(2)] segnò per sempre la sua vita anche se per anni con noi ignorò volutamente l'argomento. Ogni tanto lo sorprendevo a mettere in ordine le foto degli orrori dei lager nazisti, le teneva raccolte in una scatola, ma appena mi vedeva si affrettava a riporle. Aveva mantenuto i contatti con altri ex deportati dell'Alfa Romeo, l'esperienza che avevano vissuto li aveva resi fratelli.
Quando fu catturato dai nazisti il papà sapeva di essere prossimo a diventare padre. La sua voglia di ritornare a casa era quindi molto motivata, era ansioso di rivedere i suoi cari, ma soprattutto di conoscere quel figlio che gli aveva dato la forza di resistere agli orrori che aveva vissuto. Si salvò dai campi per un vero colpo di fortuna, proprio per aver giocato nel Milan ...quando un Kapo' chiese ai deportati se ci fosse qualcuno tra loro in grado di giocare a

calcio, lui si fece avanti e divenne una riserva nella squadra dei suoi aguzzini. Questa fortuna la divise subito con i suoi compagni di baracca e riuscì a dividere con loro quel poco di cibo in più che riceveva. Tornò a casa nell'agosto del 1945 e mi vide seduta in mezzo al lettone..si commosse moltissimo, cercò di prendermi in braccio, ma scoppiai a piangere disperatamente. Avevo dieci mesi e quella era la prima volta che vedevo mio padre. Molte volte ascoltai da lui la cronaca del nostro primo incontro, ogni volta gli si inumidivano gli occhi per la grande emozione.
Il papà aveva bisogno di cure, così venne mandato in un sanatorio gestito dalle suore sull'Isola Comacina. Avevo solo due anni eppure, se penso a quel luogo, rivedo siepi piene di lucciole e il papà intento a catturarle con un bicchiere, barche che guardavamo insieme allontanarsi dalla riva e malinconici tramonti lacustri. Di quell'epoca conservo dei dipinti ad olio su legno realizzati da un pittore del luogo, non so quanto famoso.

La nostra casa milanese era al numero 44 di Via Cesare Ajraghi, lì nacqui io due giorni prima del bombardamento dell'Alfa Romeo e lì ritornammo a vivere quando mio padre si rimise in salute; con noi c'era la nonna Maria, la mamma di mio padre, lei sarebbe stata il mio punto di riferimento fino alla adolescenza.
Il nostro appartamento aveva soffitti alti, pavimenti di parquet ed era ben tenuto. La casa era circondata da un grande cortile e da un giardino cintato con diversi alberi di caco. In inverno il nostro mobile della sala ne ospitava i frutti in attesa che giungessero a maturazione. Il loro bel color arancione rallegrava l'ambiente.
Mio padre aveva ripreso a lavorare all'Alfa Romeo, andava e tornava dalla fabbrica in bicicletta, lo sentivo salire le

scale ansimando con la bici sulle spalle e poi farle toccare terra sul largo pianerottolo di marmo scuro davanti al nostro appartamento, aveva timore che gliela rubassero. Una mattina trovò le gomme tagliate, da quel giorno la bici fece parte dell'arredamento della sala.

Sempre in sala faceva bella mostra di sé una cassaforte tutta dorata con tanto di combinazione. Il papà armeggiava con il tasto che ne consentiva l'apertura con grande circospezione, solitamente riponeva in cassaforte il contratto d'affitto e i denari per pagare la pigione, erano le uniche cose di valore in nostro possesso.
Nel cortile di casa imparai ad andare in bicicletta.
Il papà mi incitava a pedalare velocemente, mi teneva per il sellino e mi gridava: «*pedala forte... non avere paura!*» e poi mi lasciava; per fortuna avevo un bel rettilineo davanti a me e riuscivo a prendere velocità, ma poi mi schiantavo inesorabilmente contro la cancellata. Dopo il costante addestramento di mio padre, ci fu quello di Gisella, una sua cugina di Verona che spesso ci veniva a trovare. Devo proprio a lei le mie prime pedalate sicure e l'ebbrezza della "velocità".

La passione per il calcio era nel DNA di mio padre ed era anche piuttosto bravo, aveva giocato nel Seregno come mediano ed era stato acquistato dall'A.C. Milan[(3)] prima della guerra. Un incidente al menisco e la deportazione avevano messo fine ad una promettente carriera. Andava fiero della sua esperienza calcistica e l'aveva "*fatta pesare*" per ottenere l'ingaggio come allenatore di una squadra di provincia. Questo secondo lavoro gli consentiva di arrotondare lo stipendio, ma limitava anche la sua presenza accanto a noi.

Ricordo le assenze di mio padre e anche la grande malinconia che mi prendeva all'imbrunire, ero una bimba schiva, abituata a stare con la nonna, al papà volevo bene ma non riuscivo a lasciarmi andare con lui, provavo una grande soggezione e lui ne era dispiaciuto.
Il nostro rapporto migliorò sensibilmente quando si interessò ai miei studi.
Gli ultimi anni delle elementari furono i più felici della mia infanzia. La nonna Maria mi accompagnava a scuola tutte le mattine. Raggiungevo l'Istituto delle Suore Canossiane di Via Bartolini 42 percorrendo la Via Varesina, durante l'inverno la strada era sempre lastricata di ghiaccio ed entrambe finimmo a gambe all'aria più di una volta. Ero ben coperta, portavo la maglia di lana fatta ai ferri, avevo abitini fatti in casa, calze di lana lunghe, un cappotto blu e una bellissima cuffietta in lana d'angora color rosa fucsia, che adoravo, ma non avevo i guanti e quindi la prima cosa che facevo arrivando a scuola era quella di mettere le manine gelate sul calorifero per riscaldarle.
La mia insegnante si chiamava Madre Clotilde, era una donna alta, con due occhi chiari molto vivaci e i capelli bianchi che spuntavano da sotto la cuffia, al collo portava il medaglione con l'effige della Madonna con il cuore trafitto da un pugnale. Noi bambine facevamo a gara per baciarlo tutte le volte che lei ce lo consentiva. Madre Clotilde fu per me un importante punto di riferimento oltre che un'ottima insegnante. Un giorno volle parlare con mio padre per metterlo al corrente delle mie prime curiosità in fatto di sesso, aveva scoperto alcuni disegni che giravano in classe e così affrontò la cosa con tutti i genitori. Mio padre venne, vide, sorrise e parlò con Madre Clotilde, insieme decisero di parlarmi e di rassicurarmi allo stesso tempo: se avessi avuto delle curiosità avrei potuto rivolgermi a loro. Fui grata ad

entrambi per non averne fatto una tragedia, a quell'epoca poteva anche accadere.
Per desiderio di mio padre e della nonna frequentai l'Avviamento Professionale di tipo Commerciale pur avendo superato brillantemente l'esame di stato per l'ammissione alle scuole medie, allora era indispensabile. La presenza di mio padre fu costante in tutti i tre anni dei corsi. Mi seguiva soprattutto in francese e matematica, materie che non amavo per niente, alla fine mi diplomai con ottimi voti.

Le feste natalizie portavano sempre un'atmosfera particolare in casa nostra. La vigilia di Natale il papà si metteva al lavoro con l'usuale entusiasmo per preparare il presepe. Mi chiedeva di aiutarlo ad accartocciare la carta da pacco per fare le montagne, insieme attaccavamo al muro uno sfondo di carta blu con tante piccole stelline dorate e poi cercavamo tra le cianfrusaglie di casa uno specchio rotondo per fare il laghetto. Ero sempre tanto emozionata, era bellissimo lavorare insieme, mi faceva sentire importante. In breve tempo tutto prendeva forma: il piano del mobile della sala veniva ricoperto dal muschio e ad uno ad uno vi trovavano posto i pastori, le pecorelle, gli zampognari, le donne con i secchi del latte, la Grotta con Gesù Bambino nella mangiatoia e, dietro di lui, l'asino e il bue. Molto lontano dalla capanna, tra le montagne, mettevamo i Re Magi, loro sarebbero arrivati in un secondo tempo dal Bambin Gesù...
Poi toccava all'abete: le palline che avevamo per adornarlo non erano particolarmente luccicanti, erano di cioccolato ricoperte di carta stagnola, ma mi sembravano bellissime, facevamo la neve con qualche fiocco di cotone e la buttavamo tra i rami. La posa del puntale sulla cima dell'abete era un rito, ogni anno il prezioso oggetto veniva

riposto nella sua scatola tra la carta velina per timore che andasse distrutto e puntualmente ogni anno ricompariva bellissimo e lucente. Il papà mi prendeva in braccio e io riuscivo ad infilarlo sulla cima dell'albero. La magia si era conclusa. Il nostro Natale poteva cominciare.
La giornata seguente era densa di avvenimenti, avevo la sorpresa del regalo sotto l'albero, poi la Santa Messa e la festa per i figli dei dipendenti dell'Alfa Romeo con la distribuzione dei doni. Era un gran giorno quando, accompagnata da mio padre e da mia nonna, varcavo la porta del salone del Cral di Via Traiano tutto addobbato a festa. Eravamo tutti e tre molto emozionati. Quando si faceva il mio nome, il papà mi accompagnava al bancone ricoperto di panno rosso a ritirare il mio dono. Ricordo di aver ricevuto nel corso degli anni: una bella sala da pranzo per le bambole, i pentolini e una cucina, una grande scatola di matite colorate Caran d'Ache. L'ultimo indimenticabile Natale alfista mi riservò il regalo più bello: una bambola vestita da Cappuccetto Rosso. La scatola era enorme, tanto che dovetti essere aiutata. Ero al settimo cielo e tornando a casa stringevo fiera la mano di mio padre, quel regalo lo dovevo al suo lavoro.
Con il trascorrere degli anni anche il modo di festeggiare il Natale cambiò, ci fu un periodo in cui con i cugini si festeggiava dalla mia nonna materna, ma gli ultimi Natali felici mio padre li ha trascorsi a casa mia, con i nipoti e il piccolo Emanuele. Per la "*grande festa*" aveva fatto costruire un tavolo pieghevole enorme che riponeva poi in cantina. Era appagato quando ci vedeva tutti seduti intorno a lui e alla fine del pranzo andava a prendere il suo libro di barzellette e cominciava a declamarle scatenando l'ilarità dei nipotini; si finiva la festa giocando alla Tombola, grandi e piccini tutti insieme.

Negli anni '50 non era usuale andare in vacanza, ma i rapporti tra i miei genitori e la nonna non erano dei migliori e quindi tre mesi di vacanza facevano bene a me e anche alla serenità famigliare. La Val d'Intelvi e precisamente il paese di Montronio, furono la meta della prima lunga vacanza della mia vita. La nonna preparò addirittura un baule per potersi portare via tutto quanto serviva e il trasporto nostro e del baule venne offerto da un amico di mio padre, ex deportato anche lui, che ci condusse alla meta con un'ambulanza fuori servizio. Le curve mi furono fatali, cominciai a dare di stomaco a Como e finii a Montronio. Mio padre mi sosteneva la fronte, come si fa in questi casi, ma stetti malissimo. Da quella volta venne stabilito che io "*soffrivo la macchina*" e ogni spostamento veniva preceduto dalla somministrazione di alcune pastigliette bianche che qualche effetto lo avevano. A Montronio ci andammo per 3 anni di fila e venivamo raggiunti dalla sorella della nonna che abitava a Verona e che portava con sé qualcuna delle sue figlie, cosa che mi faceva tanto piacere. In quel paese di quattro case mi ero trovata una compagnia di ragazzini scatenati e godevo delle mie prime libertà. Potevo scorrazzare per i prati, mangiare le nocciole e le amarene, arrampicarmi sugli alberi, e questo per una bimba di città era veramente una gran cosa. Ogni tanto finivo a letto con una febbre altissima causata da indigestione e allora venivo regolarmente purgata dalla nonna... «*Bevi, perché quando arrivano i tuoi mi sgridano*» era solita dirmi in dialetto veneto, io per amor suo ingurgitavo l'olio di ricino senza fiatare e dopo una giornata di mal di pancia ero di nuovo in piedi.

I miei non venivano a trovarci spesso, ma quando arrivavano con il pullman da Milano mi mettevo ad aspettarli sul muretto della curva, la nonna mi vestiva bene per quella occasione, ci teneva a fare bella figura.
Su quei monti mio padre ed io facevamo delle passeggiate fantastiche. Partivamo la mattina presto con zaino, panini, acqua e bastone per il Pian di Gravedona in cerca di funghi o per la Capanna Bruno per mangiare la polenta, durante il tragitto il papà non perdeva occasione per insegnarmi come si camminava in montagna per non stancarsi e come bisognava fare per scendere un pendio in costa senza cadere e tante altre cose che lui aveva a sua volta imparato nel campo estivo del collegio a Ferrara di Monte Baldo.
Prima di tornare a Milano, ci cimentavamo nella preparazione di bellissimi cestini usando le liane trovate nei boschi, li riempivamo di ciclamini raccolti con la "patata" per essere interrati nei vasi, alcuni venivano poi regalati agli amici e altri facevano bella mostra di sé sul nostro terrazzo.
Ricordo l'allegria di mio padre quando era in mezzo alla natura, si emozionava come un bambino se scorgeva una sorgente sul sentiero del bosco o trovava le fragoline, le more o i lamponi, immediatamente prendeva dalla tasca il suo fazzoletto bianco, lo apriva sul palmo della mano e ne iniziava la raccolta. L'amore per le cose semplici gli ha sempre consentito di essere una persona appagata e di trasmettere a chi gli era accanto la sua positività, per mio padre la frase "*non si può fare*" non aveva alcun significato, per lui tutto si poteva fare bastava impegnarsi e perseverare.

Un giorno il papà ritornò dal lavoro molto allegro, nascondeva qualche cosa sotto la giacca, incuriosita, cercai di scoprire di che cosa si trattasse e mi trovai tra le mani un minuscolo cucciolo di cane bianco e nero.

In questo modo buffo fece la comparsa in casa nostra Leone, un cagnolino tipo Fox Terrier molto piccolo ma pestifero. Leone ci dava del filo da torcere, faceva dispetti a tutti e le sue uscite erano un incubo, dovevamo nasconderlo in una cesta per evitare che il cane dei padroni di casa, la bellissima Fly, un Pastore Alsaziano enorme, se lo mangiasse. Nonostante questo, il piccolo cagnolino bianco e nero ci diede una dimostrazione di affetto indimenticabile. Eravamo in vacanza a Cogliate, un paesino sopra Ghirla, nel Varesotto, e il giorno seguente al nostro arrivo, il papà andò con Leone al laghetto distante circa quattro chilometri da casa, per pescare. Al momento di rientrare Leone era sparito, probabilmente aveva seguito una cagnetta in calore e si era smarrito. Dopo averlo cercato a lungo mio padre non poté fare altro che tornare a casa senza di lui. Piansi per giorni, ritornai al laghetto con mio padre quasi ogni giorno nella speranza di ritrovarlo, ma il cane sembrava essersi volatilizzato. Dopo una settimana di attesa ecco pararsi davanti al cancello di casa un cagnolino ferito, magrissimo e con le zampette sanguinanti, era Leone. Lo rifocillammo e lui si lasciò cadere esausto sul pavimento. La vicenda aveva dell'incredibile: quel piccolo cane era appena arrivato in un luogo sconosciuto, aveva fatto la strada per il lago una sola volta eppure il suo amore per noi lo aveva riportato a casa. Da allora amai follemente i cani. La fine di Leone non fu però delle migliori, venne regalato ai nuovi inquilini della nostra villetta quando noi ci trasferimmo nella nuova casa, in quel condominio non si potevano tenere cani. Fu per me un dolore immenso.

La carriera del papà all'Alfa Romeo fu brillante, era diventato in breve tempo Capo Servizio della Dicop Trai, la divisione logistica per i trasporti interni ed esterni. Una

mattina, sul piazzale antistante la terza portineria del Portello, quella che si affacciava su Viale Renato Serra, mentre sorvegliava il carico mobile di una gru, si accorse che la cassa non era stata bene agganciata, sollevò la mano per indicare il problema al gruista, in quel momento la cassa precipitò e gli tagliò di netto l'anulare della mano destra.
La telefonata del suo ricovero in ospedale arrivò in casa nostra all'ora di pranzo, ci precipitammo da lui e lo trovammo con tutta la mano fasciata. Ci disse subito che non aveva dolore, che non sentiva nulla e che non era niente di grave. Di quell'incidente non parlò più, solo ogni tanto diceva di sentire prurito alla punta del dito e ci rideva sopra, ma la cosa finiva lì.

La mia adolescenza coincise con l'arrivo in Italia dei primi jukebox e della musica americana. Frequentavo il biennio di Segretariato d'Azienda all'Istituto Giusti di Via Prina e all'uscita dalla scuola mi fermavo con i compagni in un piccolo bar di Via Londonio ad ascoltare gli ultimi successi d'oltreoceano. Ricordo il grande fermento che aveva suscitato l'arrivo in Italia di Paul Anka, l'attesa per ascoltare dal vivo la sua "*Diana*" era spasmodico, tutti gli adolescenti non aspettavano altro e io non ero certo una eccezione. Sapevo che il papà non mi avrebbe permesso di andare al concerto live del mio idolo, si teneva in orario serale al Teatro Odeon e a me non era consentito uscire la sera, tuttavia non volevo assolutamente rinunciare e così coinvolsi la nonna Maria. Con grande spirito lei accettò di accompagnarmi e io per questo le sono grata ancora adesso, quel concerto entrò nella leggenda ed è tra i ricordi più belli della mia adolescenza.
Le mie tendenze musicali e l'abbigliamento dell'epoca erano spesso oggetto dell'ironia di mio padre, si divertiva a

rifare il verso ai ballerini di rock e di twist per farmi arrabbiare e ci riusciva perfettamente, ora capisco che era un modo per "*rompere il ghiaccio*" con una figlia adolescente timida e schiva che non riusciva ad instaurare un dialogo con lui.
Terminati i due anni al Giusti scoprii che con un esame integrativo avrei potuto proseguire gli studi e passare al terzo anno di Ragioneria. Ne parlai con mio padre, ma il mutuo della nuova casa da pagare rendeva necessario che in famiglia arrivasse un altro stipendio, il mio. Iniziai così a lavorare. Avevo trovato un impiego come segretaria presso un consulente bancario in Via Agnello, dovevo raggiungere il luogo di lavoro con l'autobus, la stessa linea che prendeva il mio futuro marito e fu così che ci incontrammo.
Anche Mario lavorava in centro, per la precisione all'Italica Assicurazioni, e condivideva con me un bel tratto di percorso sulla storica "*P2 verde* ", l'unico autobus che arrivava in quartiere.
Mio padre era molto severo nel giudicare le mie amicizie e quando Mario si decise a venirlo a conoscere per chiedergli il permesso di portarmi a fare un weekend a San Martino di Castrozza, rimase terrorizzato e fece scena muta. Per lui parlò l'amico che lo aveva accompagnato: mio padre fu irremovibile, del weekend neanche a parlarne, gli concedeva solo di farmi da cavaliere alle feste, ma sotto il suo stretto controllo. Mario si limitò a salutare e a scrivermi poi molte cartoline da San Martino di Castrozza...

L'impiego dal consulente bancario mi annoiava a morte, avevo poco da fare e rimanevo tutto il giorno da sola, lo dissi al papà e lui si diede da fare per farmi assumere all'Alfa Romeo: era il 1960 e io diventavo un'alfista assolutamente orgogliosa della sua appartenenza. Il mio primo lavoro non fu proprio esaltante, si trattava della battitura a macchina di distinte tecniche per otto ore al giorno. Dopo sei mesi di gavetta passai alla Diqua Qual, la Direzione Controllo Qualità, e vi trascorsi otto anni indimenticabili. Avevo dei colleghi giovani, due capiservizio, l'ingegner Pettinato prima e l'ingegner D'Auria poi, entrambi molto in gamba, e un team di collaudatori che giravano per l'ufficio nelle loro tute smaglianti. Si respirava uno spirito di appartenenza eccezionale, il nostro lavoro era importante e noi ne eravamo consci, dai nostri controlli dipendeva la qualità della produzione dell'Alfa Romeo e il nostro nemico giurato era uno solo: la Fiat.

Mio padre ed io andavamo al lavoro insieme, entravamo dalla parte di Via Gattamelata, attraversavamo insieme il Portello, dalla parte sud alla parte nord, passando da tutti i reparti, e poi percorrevamo il sottopasso che sbucava proprio davanti al mio ufficio e un poco più distante dal suo. Era il periodo degli scioperi caldi e i metalmeccanici non scherzavano per niente. L'inizio delle agitazioni era sempre scandito da qualche fischietto, i fischietti diventavano sempre più numerosi e sempre più minacciosi con il passare dei minuti. Gli scioperanti facevano il giro dello stabilimento per indurre tutto il personale ad aderire alla protesta. Mio padre non faceva mai sciopero, nella sua posizione non poteva farlo, ma forse aveva anche altre motivazioni recondite per non aderire, probabilmente ricordava quanto gli fosse costato lo sciopero del 1943... Una cosa però la faceva subito: quando sentiva il primo fischio, lasciava il suo ufficio e veniva nel mio per assicurarsi che tutto fosse a posto. Aspettavamo insieme l'arrivo degli scioperanti dietro il chiassile di legno

dell'ingegner Pettinato e regolarmente eravamo oggetto del lancio di monetine da parte degli operai che scioperavano. Una volta la situazione si fece più pericolosa del solito: gli scioperanti erano esasperati e avevamo avuto notizie che alcuni dirigenti erano stati portati fuori a braccia dal loro ufficio, mio padre mi disse che sarebbe stato meglio uscire per evitare di provocarli, lo facemmo tra due ali di folla che ci insultava.
Ricordo la rabbia che provai per la violenza che avevamo dovuto subire: qualcuno senza alcun diritto ci aveva privato della nostra libertà di decisione e questo per me era inaccettabile.

Il fatto di non aver mai conosciuto suo padre rimaneva per il papà un grande dolore. Attese pazientemente di "*avere una posizione*" e decise di cercarlo e di incontrarlo. Sapeva che abitava a Roma e che aveva due figlie femmine, andò nella capitale e lo chiamò al telefono. L'incontro tra padre e figlio fu commovente e sembrò essere, pur con la riservatezza dovuta alla difficile situazione, l'inizio di un buon rapporto. Da parte mia avevo sempre sofferto del fatto di non aver conosciuto un nonno e trovarne uno non poteva che farmi piacere. La nonna Maria venne tenuta all'oscuro di tutto, si temeva che soffrisse o che in qualche modo volesse interferire. Dopo quella prima visita, mio nonno manifestò il desiderio di conoscere anche il resto della famiglia. Ricordo perfettamente l'affetto istintivo che provai davanti a quello sconosciuto, assomigliava molto a mio padre, ma era più piccolo di statura. Volle sapere tutto di noi, ci portò a cena a Trastevere in un locale molto caratteristico e prima di salutarci ci diede dei doni che ci aveva preparato. Il papà era orgoglioso di aver dimostrato a suo padre che nonostante tutto si era affermato nella vita, aveva una bella famiglia e non aveva bisogno di nulla. Il nonno sembrava fiero di quel figlio appena ritrovato e manifestò l'intenzione di volerci rivedere presto. In realtà le cose non andarono così, il nonno si sentì ancora con mio padre per telefono, saputo che ero in procinto di sposarmi mi inviò un bellissimo regalo, ma preferì ritornare nell'ombra. Di lui non abbiamo saputo più nulla.

Convolai a nozze con Mario dopo un fidanzamento durato quattro anni. In tutto quel periodo la libertà che ci fu concessa era rappresentata da alcune gite giornaliere e da qualche vacanza insieme con la famiglia, ma avevamo il divieto assoluto di rincasare dopo le dieci di sera. Lavoravamo entrambi ed entrambi davamo tutto il nostro stipendio in casa. Ci veniva lasciata una mancia mensile e quella ci doveva bastare.

Quando decidemmo di sposarci trattenemmo i nostri stipendi per dare l'anticipo dell'affitto di una casa che avevamo trovato a Bollate. Cogliemmo i nostri genitori di sorpresa e qualche reazione ci fu. Parlai a cuore aperto con mio padre, che sosteneva di non avere denaro per affrontare le spese delle nozze e credo proprio che dicesse la verità. Ricordo le mie lacrime e lui che, intenerito, mi fece sedere sulle sue ginocchia e mi disse che sarebbe andato tutto bene perché avrebbe fatto del suo meglio per aiutarmi. Quella fu la prima volta che osai tener testa a mio padre, ma mi fu subito chiaro che avrei avuto in lui un alleato e non solo in quella occasione.

I preparativi per il matrimonio trovarono in lui un aiuto preziosissimo. Con il suo usuale entusiasmo e la proverbiale intraprendenza ci condusse a Cesano Maderno da un mobiliere di sua conoscenza e insieme scegliemmo lo stile di arredamento che desideravamo, i mobili sarebbero stati

fatti apposta per noi. Molti di quei mobili fanno ancora bella mostra di sé nel mio appartamento e tutte le volte che li guardo ritrovo l'emozione di quei giorni. Il costo del mobilio venne suddiviso in rate al pagamento delle quali contribuirono le nostre rispettive famiglie e noi stessi.
La nostra timida richiesta di far celebrare il matrimonio nella Chiesa di Santa Maria presso San Satiro, in Via Torino, venne categoricamente bocciata sia da mio padre che dal padre di Mario. Ripiegammo sulla parrocchia del QT8 e a distanza di tanti anni sono contenta della scelta fatta, nella stessa chiesa dove ci siamo sposati hanno ricevuto i sacramenti i miei figli e l'ultimo saluto le mie nonne, il papà di Mario e il mio papà.
Andammo con mio padre anche a "*prendere il Consenso*" in Comune, la sua presenza era necessaria perché io non ero ancora maggiorenne, lo sarei stata da lì a breve poiché a quell'epoca si raggiungeva la maggiore età a 21 anni.
Sempre mio padre si occupò del pranzo di nozze, organizzò tutto nei minimi particolari per un centinaio di invitati, il luogo prescelto fu un ristorante di Pregnana Milanese, un ambiente nuovo e molto accogliente.
L'abito da sposa in pizzo di San Gallo fu il regalo di nozze di una mia zia sarta, Mario invece si fece fare dal suo sarto un abito da cerimonia classico, un elegantissimo Tait. Le fedi le acquistammo da Citterio in Via Orefici, insomma tutto secondo tradizione.
Finalmente il grande giorno arrivò e la tensione in casa mia si "*tagliava col coltello*". Feci delle foto con i miei genitori prima di lasciare per sempre la loro casa, poi, all'arrivo della Flaminia argento, il papà ed io scendemmo con l'ascensore e trovammo l'ingresso del condominio meravigliosamente addobbato: fiori bianchi, piante e una passatoia rossa, ci conducevano all'uscita dello stabile: ero

la prima ragazza della casa che si sposava e i condomini vollero farmi una sorpresa.
Arrivammo in chiesa e facemmo il nostro ingresso trionfale, mio padre, emozionato e commosso, mi diede il braccio io mi appoggiai a lui e proseguii sicura sul tappeto rosso che mi conduceva all'altare. Mario mi attendeva proprio lì, accanto a Don Mario Pisoni, il primo e indimenticabile parroco del QT8.
Il pranzo di nozze fu un successo, il brusio dei commensali veniva ogni tanto interrotto dallo "*zio Romolo*" un caro amico di mio padre, che intonava il consueto "Evviva gli Sposi!" seguito da applausi scroscianti. Il papà mi guardava con tanta tenerezza, era certo molto felice per me e lo dimostrava. Il giorno dopo Mario ed io partimmo per il viaggio di nozze, finalmente assaporammo un po' di libertà. Non potevo immaginare allora che il distacco dalla mia famiglia avrebbe in realtà rinsaldato moltissimo il rapporto con mio padre.

Il lavoro all'Alfa Romeo mi consentiva di vedere il papà tutti i giorni. Ci eravamo concessi una consuetudine che faceva piacere ad entrambi: terminato l'orario di lavoro ci telefonavamo e il più delle volte ero io a passare dal suo ufficio per "*prelevarlo*", lui mi vedeva, dava le ultime disposizioni alla segretaria e insieme andavamo a prendere l'aperitivo al Bar dello Stadio. Passavamo un'ora chiacchierando in attesa che Mario si unisse a noi.
Dopo la nostra disastrosa trasferta a Bollate, mio marito ed io tornammo a Milano. Trovammo un appartamento adorabile in Via Michelino da Besozzo, nella zona dove ero nata e cresciuta. Era il 1967 e Giorgio nacque l'anno dopo.
A quell'epoca mio padre era un aitante uomo di quarantasette anni, un'età in cui difficilmente si assapora

fino in fondo la gioia di diventare nonno. Il feeling con mio figlio risale infatti a molti anni dopo, quando Giorgio iniziò a frequentare le superiori. La nascita del suo primo nipote maschio lo rese però molto orgoglioso e acconsentì di buon grado a fargli da padrino quando venne battezzato.
Nel 1971 si rese disponibile un appartamento nello stesso condominio dei miei genitori e mio padre insistette parecchio perché comprassimo casa vicino a loro, ci offrì di anticipare la cifra che noi poi avremmo restituito mensilmente. Accettammo la sua proposta. Mario aveva appena riscosso la liquidazione in seguito al cambio di posto di lavoro, aveva lasciato l'Italica ed era entrato in Alfa Romeo anche lui, e quindi trovammo normale versarla a mio padre come anticipo per la nuova casa. Confesso che soffrii molto nel lasciare il mio vecchio appartamento e che, anche in seguito, ebbi molti rimpianti per quel periodo della mia vita.
L'anno successivo al nostro arrivo nella casa nuova, nacque Giovanna. La vicinanza con i miei genitori aveva vantaggi e svantaggi, ma contribuì senza dubbio a consolidare il rapporto di mio padre con i miei figli. Lui andò in pensione e loro crescevano accanto a lui.
Il papà fu per entrambi un nonno burbero e tenero allo stesso tempo, da abile mediatore quale era ci aiutò spesso a risolvere le piccole diatribe tra noi e i nostri figli, ma era intransigente in fatto di valori e principi e di questo gli siamo sempre stati grati.
Dopo un periodo scolastico turbolento, mettemmo Giorgio davanti ad una scelta drastica: o continuare seriamente gli studi o andare a lavorare. Mio figlio non ebbe un attimo di esitazione e due giorni dopo lavorava a Tradate come turnista in una ditta di un amico di mio marito. Mio padre non interferì nella scelta del ragazzo, rimase molto

addolorato per il suo abbandono scolastico a soli due anni dal diploma, ma quando si rese conto che Giorgio era felice, lavorava sodo e si sobbarcava un viaggio in treno alle sei del mattino, lo "convocò" nel suo studio e, visto che ormai era da considerarsi un uomo e aveva anche uno stipendio decente, gli propose di acquistarsi un'automobile, lui avrebbe contribuito al cinquanta per cento della spesa. Ovviamente mio figlio ne fu felicissimo e accettò. Il papà anticipò tutta la cifra, ma pretese da Giorgio il versamento della "*rata*" ogni mese, fino all'estinzione del debito. Questo episodio è per Giorgio un ricordo prezioso e anche il primo di una serie di insegnamenti di vita che hanno contribuito a fare di lui l'uomo maturo e responsabile che è ora.

Il rapporto di mio padre con Giovanna fu per certi versi speciale. Entrambi con un carattere forte, entrambi testardi e volitivi finivano spesso per scontrarsi, ma si adoravano. Nonno Nando con "*la Marietta*", la sua vecchia 127 bianca, aveva preso l'abitudine di andare a prendere Giovanna a scuola tutti i giorni e si era conquistato la simpatia della Signora Brighenti, la sua adorata maestra. Giovanna, da parte sua, non faceva che raccontare di questo nonno straordinario che era stato deportato a Mathausen. Ne scaturì un incontro di mio padre con tutta la classe, un evento che per molto tempo fu oggetto di lusinghieri apprezzamenti. Fu mio padre a regalare a Giovanna il suo primo orologio, ad aiutarla a pagarsi gli studi post diploma e anche a vantarsi con tutti i suoi conoscenti dei successi professionali di sua nipote. Era solito dire che Giovanna era in gamba, che aveva carattere da vendere e che avrebbe fatto strada nella vita per la sua straordinaria volontà.

I miei ragazzi sono stati molto amati dal nonno e lo hanno molto amato a loro volta, spesso hanno dovuto accettare le sue "prediche", ma lo facevano di buon grado, tanto che lo avevano "eletto" patriarca della famiglia; ricordo con un sorriso che Giorgio chiamava il nonno "Jock", come il grande vecchio di "*Dallas*" e mio padre lo lasciava fare, quasi divertito. Oggi, grazie al suo aiuto nella loro educazione, entrambi i miei figli si sono affermati nella rispettive professioni.

Quando morì la nonna Maria, il papà soffrì molto. Ogni domenica caricava sulla "Marietta" Giovanna e Giorgio e insieme andavano al Cimitero Maggiore, la presenza dei nipoti evidentemente lo aiutava a sentirsi meno solo. Al ritorno trasformava quella che poteva essere una "*tristezza*" in una piacevole abitudine, offriva ad entrambi i ragazzi un vero aperitivo con tanto di olive e patatine e loro ne erano felici.

Mio marito e mio padre erano uniti da un grande affetto e da una stima reciproca. Diversissimi nel carattere, riuscivano sempre a trovare un accordo quando si trattava del bene della famiglia.
Fu mio padre a spronare Mario a rimettersi a studiare per prendersi il diploma quando, appena sposati, avere un pezzo di carta in mano era l'unico mezzo per ottenere un buon lavoro, fu sempre mio padre a far entrare Mario all'Alfa Romeo e ad aiutarlo nelle difficoltà che incontrò quando la fabbrica si trasferì a Torino, e fu invece Mario ad essere a fianco di mio padre quando la salute cominciò a vacillare sostituendosi a lui in tutto quello che non era più in grado di fare. Ricordo che quando mio marito andò in pensione passò un periodo difficile e come spesso accade, si sentì

improvvisamente inutile, mio padre lo capì e con molto garbo, tutte le mattine alle dieci in punto, si faceva trovare davanti alla nostra porta di casa per proporgli una passeggiata in Montagnetta. Uscivano insieme poco dopo con Rhoda al guinzaglio, imbacuccati per il freddo e prendevano la via del parco...
Al ritorno mio marito era sereno, aveva chiacchierato con il papà, avevano fatto insieme mille progetti: l'acquisto di una casa con il giardino fuori Milano, la ricerca di una località per le prossime ferie, le proposte da fare ai ragazzi per il loro futuro e molte altre cose ancora... L'entusiasmo di mio padre era contagioso e riusciva a far cogliere a Mario il lato positivo della vita. Forse mio marito inizialmente soffrì "*l'invadenza*" di questo suocero un po' "padrone", ma con il passare degli anni trovò in lui l'affetto di un padre e il sostegno di un amico fidato. Direi che tra di loro esisteva un patto di mutuo soccorso che non hanno mai tradito nell'arco di quarant'anni.
Ultimamente Mario si offriva di portare il papà a fare dei giri in macchina, stavano fuori per ore: sembrava l'unica cosa in grado di rasserenarlo e calmarlo, lui apprezzava molto questa cortesia e fino a quando ebbe la facoltà di parlare si avvicinava a mio marito lo toccava sul braccio e gli chiedeva: «*Andem Mariet*?».

Io e mio padre eravamo in sintonia, avevamo un comune sentire sul modo di affrontare la vita, sui valori della famiglia, sulla fede e condividevamo ideali e speranze, così quando decisi di impegnarmi in politica trovai in mio padre uno dei miei più accaniti sostenitori.
Mi presentai come Consigliere della Circoscrizione 19 che allora comprendeva Qt8 - Gallaratese - Trenno e contava oltre centomila abitanti. Insieme preparammo la "campagna

elettorale" e lui mobilitò amici e conoscenti per promuovere la mia candidatura. Credo che attraverso la mia scelta abbia rivissuto la sua passione per il sociale, si rivedeva in me e anche se sapeva benissimo che sarei andata incontro a delle delusioni, mi sostenne a spada tratta. Fu un successo, ottenni una valanga di voti e venni eletta.
Il mio lavoro di cronista dal Consiglio Comunale di Milano per una radio locale e per alcuni quotidiani mi valse la tessera di giornalista. Il papà ne fu molto orgoglioso e cominciò ad incitarmi a scrivere un libro. Gli dissi che avrei scritto volentieri una sua biografia, come ex deportato aveva da raccontare molte più cose di me, ma lui non ne volle mai sapere. Mi chiese invece una cortesia, quella di firmare tutto ciò che avrei scritto con il mio cognome da nubile... visto che quel cognome era anche il suo. L'ho sempre accontentato. Non avrei mai immaginato che lo spunto per il mio primo libro "serio" me lo avrebbe dato proprio lui.

Nel 1988 i miei passavano le loro vacanze estive a Morgex, in Valle d'Aosta, fu in occasione di una visita a loro che Mario, Giovanna ed io fummo coinvolti, nostro malgrado, in un terribile incidente stradale alle porte di Ivrea. Ci salvammo per miracolo, ma i segni di quella brutta avventura li porto addosso tuttora. Riportai una brutta frattura all'omero destro e rimasi ingessata per oltre sessanta giorni al termine dei quali dovetti constatare che il mio braccio non sarebbe più stato come prima.
In tutto quel periodo mio padre fu molto premuroso con me, si mise a mia disposizione per accompagnarmi in auto ovunque avessi necessità di andare, fu lui a portarmi urgentemente da Giovanna quando incorse in un incidente dal parrucchiere. Ricordo che lo feci rimanere in auto per timore che si agitasse troppo e feci benissimo perché quando

vidi le ustioni che aveva riportato mia figlia, svenni. Per oltre un mese mio padre accompagnò me a fare la magnetoterapia per il recupero del braccio e mia figlia a fare le medicazioni delle ustioni all'Ospedale San Giuseppe. Di questo gli sono stata sempre molto grata; io non ero in condizioni di guidare e mio marito e mio figlio lavoravano, senza di lui non so come avrei fatto.

Quando Giorgio e Sabrina si sposarono non eravamo in buone condizioni economiche, Mario lavorava in proprio e le cose non andavano bene. I ragazzi iniziavano la loro vita in comune proprio come avevamo fatto noi, senza molto su cui contare. Mio padre si offrì di dare una mano, contribuì alle spese delle nozze e, poco prima della cerimonia, volle regalare a Giorgio un orologio d'oro, come suo dono personale. Mio figlio lo conserva gelosamente tra i suoi ricordi più cari.
Tre anni dopo, la nascita di Emanuele Ferdinando fece del papà un bisnonno di settantasette anni, il bimbo era bellissimo e condivideva con lui il segno zodiacale dell'ariete. Lo stesso anno andammo tutti insieme in vacanza a Valdaora, quello fu per mio padre uno degli ultimi periodi felici della sua vita. Poteva coccolarsi Emanuele, andare per boschi con Mario, Giorgio e Rhoda e ammirare i meravigliosi paesaggi dell'Alto Adige con tutta la famiglia accanto.
Emanuele ha sempre avuto per il bisnonno una innata simpatia, giocava e scherzava con lui con estrema naturalezza nonostante sapesse che non ricordava, hanno continuato a farlo fino allo scorso anno, mio nipote con la maglia del Milan e mio padre con il suo gilet trapuntato, era agosto ma il papà aveva sempre freddo. Di questo episodio ho una foto bellissima che conservo gelosamente.

La memoria di mio padre svaniva lentamente, era lui il primo a rendersene conto e a cercare di curarsi. Si sottoponeva a visite e a terapie nella speranza di poter migliorare e per un po' ci riuscì. Nessun medico aveva indicato come causa del suo non ricordare il morbo di Alzheimer, tutti concordavano con la diagnosi di vasculopatia cerebrale. Questo mi aveva fatto sperare, anche se sapevo che alla lunga gli esiti sarebbero stati i medesimi.
Il papà iniziava a perdersi in macchina, a dimenticare dove aveva parcheggiato, aveva difficoltà con il denaro e si agitava moltissimo se era costretto a fare cose che di solito faceva con la più grande naturalezza. Decidemmo allora di proporgli altri accertamenti. Fu sottoposto ai test per la demenza all'Ospedale San Raffaele: vivo ancora oggi il dolore di vederlo in difficoltà nel dare le risposte e ricordo che uscì da quella stanza tutto accaldato per l'agitazione, ma certo di aver risposto a tutto. Purtroppo non era andata così, ma mio padre non si perse d'animo, era conscio di quello che gli stava accadendo anche se, forse sbagliando, nessuno di noi gli volle dire come stavano realmente le cose. Si arrabbiava con se stesso perché non riusciva a tenere a mente nulla, ma era convinto di riuscire a tenere a bada il suo problema annotandosi scrupolosamente tutto quello che doveva fare. Nonostante le difficoltà non volle rinunciare a tenere, come ogni anno, la sua conferenza sulla deportazione nei campi di sterminio e sugli orrori del Nazismo nelle scuole superiori della città. L'iniziativa era fortemente caldeggiata dall'Aned e mio padre sentiva l'obbligo morale di aderire. Ero certa che rivivere quello che aveva passato a Mathausen e a Gusen l'avrebbe fatto soffrire, ma non volevo lasciarlo solo, così gli offrii la mia collaborazione. Per interi pomeriggi lavorammo fianco a

fianco per stendere la relazione da presentare agli studenti, lui dettava e io scrivevo al computer, spesso la commozione ci costringeva a fermarci, il desiderio di far comprendere ai ragazzi ciò che era accaduto finiva per mettere il nostro dolore in secondo piano.
In quel periodo ero diventata il suo punto di riferimento, si sentiva sicuro se ero io ad occuparmi delle sue visite mediche, della banca, del pagamento delle bollette e aveva nei miei confronti un affetto profondo misto ad un grande senso di protezione.
Ero "*il bastone della sua vecchiaia*", me lo diceva sempre abbracciandomi forte e io cercavo di esserlo come meglio potevo. Era il 1993 quando il papà incorse nel suo primo grave problema di salute, una sincope. Ricordo la telefonata notturna che mi annunciava la sua morte, il pianto sommesso di mio figlio nella sua cameretta, la mia corsa al piano di sopra e il tentativo di rianimazione, fortunatamente riuscito, e mio marito in mezzo alla strada che aspettava l'ambulanza... si era messo il cappotto sopra il pigiama e si prese una solenne infreddatura, eravamo in novembre.
Da allora mio padre non fu più lo stesso: tre interventi chirurgici pesanti e la sua memoria che se ne andava ogni volta, annientata dalle anestesie. Nel 2001 prima di essere nuovamente operato mi disse: «*Se l'anestesia dovesse aggravare la mia perdita di memoria, questo intervento non lo voglio fare*», purtroppo non c'erano alternative e io lo tranquillizzai, aveva una emorragia in atto e avrebbe potuto morire per un'occlusione intestinale.

Tutto era accaduto all'improvviso, eravamo appena arrivati a Predazzo per una breve vacanza, alloggiavamo nello stesso residence appena fuori paese. Due notti dopo il nostro arrivo, fui chiamata con urgenza, il papà stava malissimo:

aveva una imponente emorragia intestinale, venne portato all'Ospedale di Cavalese in stato di incoscienza e tememmo veramente di perderlo. Quando lo raggiungemmo in ospedale si era già ripreso ed era intento a raccontare ai medici di aver giocato nel Milan. Come ci vide ci chiese di ritornare a casa. Cercammo di prendere tempo per consentire ai dottori di fare una diagnosi, gli dicemmo che sarebbe stato dimesso nel pomeriggio, in realtà non avevamo nessuna certezza di riportarlo a casa così presto. Mio padre invece la certezza l'aveva, ci fece chiamare verso le quattordici, lo trovammo che litigava con il medico, pretendeva di non essere trattenuto e voleva *"scendere da sua figlia che abitava al piano terra"*. La figlia ero io e il papà era molto disorientato per il trauma subito. L'emorragia sembrava cessata e l'ospedale non era attrezzato per gli esami che gli erano necessari. Firmai per portarlo a casa, ma data la situazione, la cosa migliore da fare era quella di rientrare a Milano. Il giorno seguente mio figlio partì da Saronno alle cinque del mattino per venire a prendere il nonno, avevamo una sola auto e il papà doveva viaggiare comodo. Il viaggio di ritorno fu molto stressante, mio padre diceva di stare benissimo, in realtà non si sapeva che cosa avesse. Il giorno dopo il nostro rientro a Milano venne ricoverato in ospedale.

All'epoca era un ottantenne con un fisico eccezionale nonostante quello che aveva già subito, superò l'intervento, ma la sua vasculopatia cerebrale peggiorò moltissimo. Passai la sera e la notte precedente l'operazione con lui, volevo rendergli meno pesante quella che avrebbe potuto essere la sua ultima notte di vita, prima di coricarci ricevemmo la visita di mio marito e mio figlio, loro avevano la mia stessa preoccupazione. Parlammo a lungo io e mio padre, lui era sereno, calmissimo e fiducioso come sempre. Mi disse che nella sua vita era sempre stato fortunato, che il suo angelo custode non lo avrebbe abbandonato nemmeno questa volta, mi mostrò una piccola immagine che teneva nel portafoglio, mi commossi nel vedere la semplicità dell'uomo che avevo davanti, una persona che aveva avuto ruoli dirigenziali e onorificenze importanti, aveva pubblicato libri e tenuto conferenze e aveva subito l'orrore dei campi di sterminio nazista, ma che nonostante tutto era ancora saldamente ancorato alla sua fede, una fede pura come quella di un bambino. Si addormentò sereno. Io rimasi sveglia a pensare alla nostra vita insieme, il mio cuore era pieno di tenerezza e di nostalgia allo stesso tempo. Oggi ricordo quella esperienza di intensa comunione con mio padre come uno dei più bei regali che ho ricevuto dalla vita.

Dopo l'intervento stentò a riprendersi, ritornò a casa con una ferita infetta e in uno stato di completa apatia. Rifiutava cibo e acqua, sembrava aver deciso di lasciarsi andare. Ricordo di averlo implorato piangendo di riprendere a nutrirsi, lui si era limitato a fissarmi senza manifestare alcuna reazione. Presa dalla disperazione, chiamai al suo capezzale l'anestesista che lo aveva assistito durante l'intervento, scelsi lui perché aveva dimostrato di avere doti umane non comuni ed era simpatico a mio padre.
Il colloquio con il medico ebbe il potere di sbloccare la situazione: il papà finalmente riuscì a sfogarsi, ci disse del grande trauma che aveva subito e pianse come un bambino. Confessò di avere paura che la cosa si potesse ripetere o che potesse capitare a qualcuno di noi. Lentamente ricominciò a nutrirsi. Cercammo di tenergli compagnia, di svagarlo e

anche di farlo uscire, magari in auto, per farlo ricominciare a vivere.
Fu in occasione di una di queste uscite che accadde un episodio che ricorderò per tutta la vita: mio padre e mio marito entrarono all'Alemagna, un grande punto di ristoro, e io e Rhoda decidemmo di aspettare il nostro turno fuori dal bar visto che gli animali non potevano entrare. Il cane vide un suo simile e mi diede uno strattone fortissimo che provocò inevitabilmente la mia caduta. Mio padre vide la scena dall'interno del locale e si precipitò fuori per soccorrermi: aveva 80 anni, una ferita infetta di trenta centimetri sull'addome, si reggeva in piedi a stento e non esitò nemmeno un attimo a soccorrermi.

Potrei raccontare molti altri episodi della mia vita con mio padre, ma mi fermo qui. Di lui mi restano ricordi bellissimi che condivido spesso con i miei figli e con mio marito e che suscitano in tutti noi tanta nostalgia ma anche tanta gioia.
Nell'ultimo periodo della sua vita ho scoperto un papà diverso da come lo avevo conosciuto, una persona fragile come un statuina di porcellana ma tanto preziosa per la tenerezza che è riuscita a suscitare in me. Non sapevo di poter amare questo "nuovo papà" così intensamente, non immaginavo che da questo "nuovo papà", così provato fisicamente, avrei ricevuto un insegnamento che non potrò mai dimenticare: il valore e la dignità della vita umana, fino alla fine. Sempre.

Chi era Ferdinando Valletti

- Nasce a Verona il 5 aprile 1921 e muore a Milano il 23 luglio 2007.
- Trascorre l'infanzia e l'adolescenza in un collegio e si diploma all'Istituto Industriale Galileo Ferraris di Verona.
- Nel 1938 viene assunto all'Alfa Romeo di Milano in qualità di "Maestro d'Arte".
- Nel 1942-1943 gioca nel A.C. Milan(3) nel ruolo di mediano a fianco di Meazza.
- Nel marzo 1944 organizza lo sciopero all'Alfa Romeo, viene arrestato dagli uomini della MUTI, inviato al carcere di San Vittore e deportato prima a Mauthausen e successivamente a Gusen dove conosce e aiuta il professor Aldo Carpi che lo cita nel suo libro *Diario di Gusen*(4).
- Il 5 maggio 1945 viene liberato dagli americani.
- Nell'agosto del 1945 viene rimpatriato in precarie condizioni di salute e ricoverato in casa di cura, in seguito gli verrà riconosciuta dallo Stato una indennità come "*Mutilato di Guerra*".
- Nel 1946 riprende il lavoro all'Alfa Romeo e inizia la sua ascesa professionale.
- Nel 1947 viene insignito della Medaglia Garibaldina al valore militare e gli viene riconosciuto il "*Brevetto di Partigiano Combattente*".
- Dal 1961 diviene dirigente del settore logistica dell'Alfa Romeo.
- Dal 1970 diviene docente nel settore della Logistica Aziendale dell'Associazione Meccanica e dell'I.S.E.O. e partecipa in qualità di relatore al "TRAMAG" il salone internazionale della movimentazione e della logistica a Padova.

- Nel 1970 viene nominato Presidente del Gruppo Anziani dell'Alfa Romeo e realizza un programma di attività assistenziali, culturali e ricreative che pone il Gruppo Anziani dell'Alfa Romeo all'avanguardia tra i Gruppi Aziendali dell'A.N.L.A.
- Nel 1975 viene nominato "Maestro del Lavoro" dal Presidente della Repubblica.
- Nel febbraio del 1976 riceve l'Ambrogino dal Sindaco di Milano Aniasi.
- Nel 1978 raggiunge i 40 anni di servizio e lascia l'attività lavorativa all'Alfa Romeo.
- Nel 1980 inizia la sua testimonianza nelle scuole medie e superiori di Milano tramite l'ANED, lo scopo che si prefigge è quello di far comprendere ai ragazzi quanto sia importante conoscere per non dimenticare ed impegnarsi affinché gli orrori subiti da molti innocenti non si ripetano.
nel 1988 viene citato da Duccio Bigatti nel suo libro "Il portello. Operai, tecnici, imprenditori all'Alfa Romeo"[(5)] un saggio di storia sull'industria italiana.
- Dal 1993 la sua salute viene minata da gravi patologie, l'ultima delle quali, il morbo di Alzheimer, lo costringe nel 2000 a rinunciare alla sua attività didattica.
- Nel 1994 presenta all'Accademia di Brera con Pinin Carpi (figlio del noto pittore Aldo Carpi) e altre personalità, la seconda edizione del "Diario di Gusen".

Biografia dell'autrice

Manuela Valletti è nata a Milano nel 1944, è sposata, ha due figli, un nipotino e uno Schnauzer gigante di nome Flora. Ha avuto da sempre la passione per lo scrivere, ma ha iniziato il suo percorso lavorativo all'Alfa Romeo nel settore Controllo Qualità.

Dopo una pausa di parecchi anni dovuta alla maternità e alla crescita dei figli, si è avvicinata alla politica ed è diventata consigliere della Circoscrizione 19, ora zona 8 di Milano, per 10 anni è stata Presidente delle Commissioni Educazione e Sanità.

È approdata al giornalismo negli anni '80, è iscritta all'Albo Regionale della Lombardia.

Ha scritto come freelance per molte testate e periodici, ha diretto alcuni giornali di settore.

Attualmente svolge il lavoro di giornalista attraverso i suoi siti web: Cyberdogs Magazine, un periodico dedicato ai cani fondato nel 1999, e il portale milanese Milano Metropoli.

Ha scritto diversi libri: "Qui Milano" che è stato distribuito con un cd di supporto e molti libri elettronici, "Deportato I57633 Voglia di non morire" che racconta la deportazione del padre Ferdinando, "Dal profondo del cuore" e "Solo per te" dove si raccontano storie vere di cani e di gatti e "La Leggenda del Ponte Arcobaleno" dedicato a chi perde un fedele amico a quattro zampe.

Dal libro "Deportato I57633 Voglia di non morire" il regista [5] Mauro Vittorio Quattrina ha tratto un documentario che porta lo stesso titolo del libro e che è stato presentato in occasione delle celebrazioni per la Giornata della Memoria il 21 gennaio 2010 a Verona in prima nazionale o ora gira per l'Italia..

La sua passione per i cani l'ha portata a fondare nel 2000 l'Associazione Proprietari Responsabili.
In memoria del padre ha fondato l'Associazione "*Il Ciclamino*" e gli ha dedicato in sito web *"Ferdinando Valletti deportato 57633"* che è un riferimento importante per studenti ed insegnanti che desiderano documentarsi sugli degli orrori del nazismo.
Recentemente è nata anche l'*"Associazione Culturale Ferdinando Valletti"* che si propone di diffondere i valori che hanno ispirato da sempre la vita del padre e il ricordo della shoah.

Riferimenti web

Manuela Valletti:
http://www.manuelavalletti.com

Ferdinando Valletti:
http://ferdinandovalletti.milanometropoli.com

Associazione Culturale Ferdinando Valletti:
http://www.ferdinandovalletti.org

Il Ciclamino:
http://www.ciclamino.org

Cyberdogs Magazine:
http://www.cyberdogsmagazine.com

Milano Metropoli:
http://www.milanometropoli.com

Associazione Proprietari Responsabili:
http://www.apr-italia.org

Note Bibliografiche

[1] *VISIONE PARZIALE. Un diario dell'Alzheimer*
Titolo originale:
PARTIAL VIEW. An Alzheimer's Journal
1998 by Cary Smith Henderson and Nancy Andrews
Italian translation 2002 by Associazione Goffredo de Banfield - Federazione Alzheimer Italia - Stampato da Editoriale Lloyd, Trieste, giugno 2002

[2] VI RACCONTO LA MIA DEPORTAZIONE
Sito internet di Valletti Ferdinando
http://ferdinandovalletti.milanometropoli.com

[3] *DIARIO DI GUSEN*
di Aldo Carpi
I[a] Edizione 2 ottobre 1974, Aldo Garzanti Editore s.p.a Milano

Filmografia

[5] *DEPORTATO I 57633 VOGLIA DI NON MORIRE*
Documentario di Mauro Vittorio Quattrina
Sulla storia straordinaria di Ferdinando Valletti.
Il documentario e tratto liberalmente dal libro di Manuela Valletti che ha lo stesso titolo.

www.ingramcontent.com/pod-product-compliance
Ingram Content Group UK Ltd.
Pitfield, Milton Keynes, MK11 3LW, UK
UKHW020151200726
13856UKWH00003B/946